The Fairy House : Fairies to the Rescue
by Kelly McKain

First published in 2007 by Scholastic Children's Books

ひみつの妖精《ようせい》ハウス

友《ゆう》情《じょう》は、勇《ゆう》気《き》の魔《ま》法《ほう》！

The Fairy House

ケリー・マケイン 作
田中亜希子 訳
まめゆか 絵

ポプラ社

もくじ

みんな、元気《げんき》？
また会《あ》えて、うれしいな☆

わたしね、このところずっと、
夢《ゆめ》を見《み》ているような気持《きも》ちなの。

だって……ほんものの妖精《ようせい》と友《とも》だちになったんだもん。
しかも、わたしのドールハウスにすんでるんだよ！

ね？　びっくりでしょ？

わたしもびっくり。今《いま》もまだしんじられないくらい。
でもね、ほんとのことなんだ。

友《とも》だちの名前《なまえ》は、ブルーベル、デイジー、
サルビアに、スノードロップ。

妖精《ようせい》をしんじてる人《ひと》には、
ちゃんとすがたが見《み》えるんだって。

みんなにも、きっと、見《み》えるよね☆

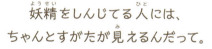

人物紹介《じんぶつしょうかい》

ピュア

ロンドンから来《き》た女《おんな》の子《こ》。
妖精《ようせい》をしんじていて、
夢見《ゆめみ》ることがすき。
新《あたら》しい家《いえ》にママとすんでいる。

ブルーベル

元気《げんき》いっぱいの春《はる》の精《せい》。
うれしいのもかなしいのも、
すぐ顔《かお》にでちゃう！

デイジー

心《こころ》やさしい夏《なつ》の精《せい》。
いつもみんなを見守《みまも》って
いる、お姉《ねえ》さん的存在《てきそんざい》。

サルビア

しっかりものの秋《あき》の精《せい》。
自分《じぶん》の意見《いけん》をはっきりいう
タイプ。ピアノが得意《とくい》。

スノードロップ

はずかしがりやの冬《ふゆ》の精《せい》。
ふだんはおとなしいけれど、
実《じつ》はいちばんの大物《おおもの》？

妖精《ようせい》ハウス

オークの木《き》の下《した》に
おいてある、ピュアの
ドールハウス。
妖精《ようせい》たちがすんでいる。

第1章

ゆううつな約束《やくそく》

金曜日《きんようび》の夕方《ゆうがた》のこと。

ピュアはいそいそと四人《にん》の友《とも》だちのもとにむかいました。

家《いえ》の裏手《うらて》に広《ひろ》がる野原《のはら》のおくには、りっぱなオークの木《き》が立《た》っています。友《とも》だちがいるのは、その木《き》の下《した》においてある小《ちい》さなドールハウスのなか。四人《にん》とも、そのくらい、とても小《ちい》さいのです。

だって、ピュアの友《とも》だちというのは……ほんものの妖精《ようせい》！

名前《なまえ》はブルーベル、デイジー、サルビア、

スノードロップといいます。

四人《にん》は、ピュアが「妖精《ようせい》ハウス」と名《な》づけたドールハウスのなかにすんでいます。だからピュアは四人《にん》に会《あ》いたくなるたびに、オークの木《き》をめざします――友《とも》だちの家《いえ》へあそびにいくみたいに。

この日《ひ》、妖精《ようせい》ハウスにやってきたピュアはびっくりしました。デイジーの部屋《へや》のまどから地面《じめん》まで、見《み》なれないスロープができていたのです。二本《ほん》の長《なが》い小枝《こえだ》に草《くさ》をまきつけてつくった、すべり台《だい》です！

「サイコ――――！」

まどからでてきたサルビアが、さけびながら、すべりおりてきました。地面《じめん》におりたつと、ピュアを見《み》あげてにっこりします。つぎ

にすべる番《ばん》のスノードロップも、まどから顔《かお》をのぞかせています。

「わあ、おもしろそう！　わたしにもやらせて！」

ピュアはそういうと、さっそく妖精《ようせい》ハウスの小《ちい》さな青《あお》いドアノブにこゆびをのせました。

このドアノブにはあらかじめ、ブルーベルが魔法《まほう》の粉《こな》〈フェアリーパウダー〉をふりかけてくれています。ですから、あとはピュアが妖精《ようせい》たちに教《おし》えられた魔《ま》法《ほう》のことばをとなえるだけです。

わくわくしながら、ピュアは大《おお》いそぎでいいました。

「妖《よう》精《せい》をしんじます、妖《よう》精《せい》をしんじます、妖《よう》精《せい》をしんじます！」

とたんに、頭《あたま》のてっぺんがチリチリしました。つづいて、ボン！という音《おと》とともに、まわりにあるものが、なにもかも、どんどん大《おお》きくなっていきます。

といってもピュアの目《め》にそう見《み》えるだけで、ほんとうは自分《じぶん》の体《からだ》が小《ちい》さくなっているのです。

ちぢむのが止《と》まったとき、ピュアは妖精《ようせい》たちとおなじ大《おお》きさになっていました。

「わたしもまぜて！」

ピュアは妖精《ようせい》ハウスのなかにとびこむと、階段《かいだん》をかけあがりました。ブルーベルがつくったうつくしい押《お》し花《ばな》の絵《え》が、ろうかのあちこちにかざってありますが、それも目《め》に入《はい》りません。

ピュアはまっすぐデイジーの部屋《へや》にとびこみました。その部屋《へや》のかべの色《いろ》は、元気《げんき》のいいお日《ひ》さまの黄色《きいろ》。ピュアが絵《え》の具《ぐ》をまぜて、

みんなでぬったのです。

「いらっしゃい！」

「まってたんだよ！」

デイジーとブルーベルがとんできて、ピュアにぎゅっとだきつきました。

「ピュア、お先《さき》にー！」

スノードロップがそういって、長《なが》い黒髪《くろかみ》をなびかせながらすべり台《だい》をおりていきます。すべっているあいだじゅう、スノードロップは楽《たの》しそうにわらい声《ごえ》をあげていました。

「うちはもうすべったから、つぎはピュアの番《ばん》だよ！」

ブルーベルのことばに、ピュアは「わあ、ありがとう！」といいながら、すぐにすべりだしました。

四人《にん》が「行《い》けー！」「ゴーゴー！」「ピュアー！」「がんばってー！」と声《こえ》をかけてくれます。

地面《じめん》に足《あし》がつくと、まちかまえていたサルビアとスノードロップがわっとかけより、ピュアの手《て》をひっぱって立《た》ちあがらせました。

ふたりでかわるがわる、あいさつのハグをしてくれます。

ピュアは心《こころ》のなかでつぶやきました。

わたしってほんとにラッキー。だって、こんなにすてきな子《こ》たちと友《とも》だちになれたんだもん！

妖精《ようせい》たちとなかよくなったきっかけは、ある夜《よる》、ピュアがオークの木《き》の下《した》にドールハウスをおきっぱなしにしてしまったことでした。

つぎの日《ひ》、ドールハウスのまどをのぞいてびっくり。だって、なかに小《ちい》さな女《おんな》の子《こ》たちがいたのです。

こんな近《ちか》くに妖精《ようせい》がいるなんて思《おも》いもよらないことでしたが、そこにいた四人《にん》は……まぎれもなく、ほんものでした。

にっとわらう顔《かお》がトレードマークの、元気《げんき》なブルーベル。

金色《きんいろ》の髪《かみ》を三つあみにした、やさしくてたよりになるデイジー。

歌《うた》とダンスが大《だい》すき、まっ赤《か》な髪《かみ》のサルビア。

Bluebell
Daisy
Salvia
Snowdrop

長《なが》い黒髪《くろかみ》で、ちょっと泣《な》き虫《むし》の、おとなしいスノードロップ。

見《み》た目《め》も性格《せいかく》もばらばらの四人《にん》ですが、とてもなかよしです。ピュアはすぐに、みんなのことが大《だい》すきになりました。

デイジーとブルーベルもすべり台《だい》からおりてきて、ほかのふたりといっしょにピュアをとりかこみました。

スノードロップがいきおいこんでいいます。

「あしたは土曜日《どようび》ですよね！　学校《がっこう》はお休《やす》みってことでしょう？」

サルビアも羽《はね》をはばたかせてとびあがり、くるくる宙返《ちゅうがえ》りをしてからつけたします。

「つまり、一日《にち》じゅうあそべるってことよね！　お天気《てんき》だったら、みんなで妖精《ようせい》ハウスの屋根《やね》にのぼって、ねころびながらお話《はなし》をつくるのはどう？　それか、わらっちゃう話《はなし》をいいあいっこしたり、ひみつをうちあけっこしたりするのもいいな。あと――」

ピュアはがっくりとかたをおとしました。

「みんな、ごめんね。わたしもあそべるのを、すごく楽《たの》しみにしてたんだけど、だめになったの。用事《ようじ》ができちゃった。うちのクラスにいるティファニーって子《こ》、おぼえてる？」

四人《にん》がいっせいに顔《かお》をしかめました。

「あの、いじわるティファニーでしょ？　わすれるわけないじゃん！」とブルーベル。

「うん、その子《こ》。じつは、用事《ようじ》っていうのはね……」

ピュアはせつめいをはじめました。

「きょう、国語《こくご》の授業《じゅぎょう》でおとぎ話《ばなし》をつくったとき、わたしの作文《さくぶん》を先生《せんせい》がほめてくれたの。そのあと、書《か》きおわらなかった人《ひと》は宿題《しゅくだい》になったんだけど……わたしがティファニーのかわりにおとぎ話《ばなし》をつくることになっちゃった。ティファニーが、宿題《しゅくだい》で花丸《はなまる》をもらえたらポニーを買《か》ってもらうやくそくを、お父《とう》さんとしたんだって。だからどうしても花丸《はなまる》がほしいから、わたしにうまく書《か》けっていうの。それであした、ティファニーがうちに来《く》ることになったんだ」

四人《にん》はおどろきのあまり、目《め》を丸《まる》くしました。

「ポニーなら知《し》ってます！　フェアリーランドにもいましたから。かわいい小《ちい》さな馬《うま》ですよね。ピュアのうちにもポニーのおもちゃがありました」とスノードロップ。

「あたしだってポニーがほしいわ！　自分《じぶん》だけのね！」とサルビア。

「うちも！　宿題《しゅくだい》に花丸《はなまる》をもらっただけで、ポニーを自分《じぶん》のものにできるなんて、ずるい！」

ブルーベルは思《おも》わず足《あし》をドン！　とふみならしました。

「それに、宿題《しゅくだい》をピュアにやらせてごほうびだけもらおうだなんて、ひどすぎる！」

デイジーには、ティファニーの自分《じぶん》かってな考《かんが》えがしんじられません。

四人《にん》の意見《いけん》はおなじでした。

「ティファニーはずるくて――」

「――なまけ者《もの》！」

「だから、ポニーのしっぽの毛《け》一本《ぽん》でも――」

「――もらう資格《しかく》なし！」

ブルーベルがピュアにいいました。

「だけど、宿題《しゅくだい》をかわりにやるだなんてばかみたいなこと、どうして、ひきうけちゃったの？　『やっぱ、やらない！』っていえば？　うちなら、そうするよ」

「そうよね。『あんたみたいなオタンコナスの宿題《しゅくだい》だけは、ぜったいやらない！』でいいんじゃない？」とサルビア。

ブルーベルとスノードロップが、サルビアのいい方《かた》にクスクスわらいます。けれどデイジーは気《き》まずそうに目《め》をふせました。これまでだれにもいじわるをいったことがなかったからです。ティファ

ニーがどんなにひどくてずるい子《こ》でも、こちらがいじわるをいって
いいという気分《きぶん》にはなれません。
ピュアはいいました。
「わたしだって、ほんとはいいなりになんて、なりたくない。でも、
ティファニーにいわれたの。いうことをきかなかったら、学校《がっこう》の女《おんな》
の子《こ》をぜんいんおどして、わたしの友《とも》だちにならないようにしてや
るって。おまけに、おそろしいいじわるをするって」
「そんなのひどい！　ピュアはなにもわるくないのに」
デイジーがピュアのかたをだきかかえます。
ほかの子《こ》たちもかけよって、ピュアをつつみこむようにだきしめ
ました。

ふと、スノードロップがいいました。

「でもピュア、こんなときにわるいのですけれど……あした、わたしたちの〈任務《にんむ》〉をてつだってくれますよね？　ティファニーが帰《かえ》ったあとならだいじょうぶ？」

ピュアは、力強《ちからづよ》くうなずきました。

妖精《ようせい》の世界《せかい》〈フェアリーランド〉からやってきた四人《にん》は、人間《にんげん》の世界《せかい》で毎日楽《まいにちたの》しくすごしていますが、ここへ来《き》た目的《もくてき》は、妖精《ようせい》の女《じょ》王《おう》さまに命《めい》じられた〈任務《にんむ》〉をやりとげるためなのです。〈任務《にんむ》〉というのは、妖精《ようせい》が自然《しぜん》を守《まも》るためにおこなうだいじな仕事《しごと》。ピュアは、四人《にん》が〈任務《にんむ》〉をりっぱにはたせるよう、できることはなんでもてつだうとやくそくしています。

スノードロップが、花《はな》びらでできているスカートのあいだに手《て》を入《い》れて、くるくる丸《まる》めてある紙《かみ》をとりだしました。それは〈任務《にんむ》〉が書《か》かれた、だいじな指令書《しれいしょ》。スノードロップが広《ひろ》げてくれたので、みんなでのぞきこんで読《よ》みました。

妖精《ようせい》の女王《じょおう》による指令書《しれいしょ》

〈任務《にんむ》〉第《だい》四五八二六番《ばん》

おそろしい知《し》らせがフェアリーランドにとどきました。

あなたたちも知《し》ってのとおり、魔法《まほう》のオークの木《き》はフェアリーランドと人間《にんげん》の世界《せかい》をむすぶ門《もん》です。妖精《ようせい》が人間《にんげん》の世界《せかい》へ行《い》くには、

〈魔法《まほう》のきらめく風《かぜ》〉にのってその門《もん》を通《とお》るしか方法《ほうほう》はありません。

ところが、オークの木《き》を切《き》りたおして家《いえ》をたてようとする人間《にんげん》が、あらわれたのです。そのようなことになれば、妖精《ようせい》は人間《にんげん》の世界《せかい》へ行《い》って自然《しぜん》を守《まも》ることができなくなります。

一部《いちぶ》の人間《にんげん》がそのようなおそろしいことをしないよう、あなたたちが止《と》めなさい。そして、この先《さき》ずっと、オークの木《き》がかならず守《まも》られるようにするのです。

以上《いじょう》が、あなたたちの〈任務《にんむ》〉です。

この〈任務《にんむ》〉をはたしたときだけ、フェアリーランドへ帰《かえ》ることをゆるします。

妖精《ようせい》の女王《じょおう》

追伸《ついしん》　さまざまな誕生石《たんじょうせき》をあつめなさい。
オークの木《き》をすくう魔法《まほう》をはたらかせてくれるでしょう。

このオークの木《き》というのは、妖精《ようせい》ハウスのうしろに立《た》っている大《おお》きな木《き》のことです。

そして、あつめなければならない誕生石《たんじょうせき》は、ピュアがてつだったこともあって、すでにふたつ手《て》に入《はい》っています。

ひとつめは、らくに見《み》つかりました。ピュアがジェーンおばさんからもらったリングについていた一月《がつ》の誕生石《たんじょうせき》、ガーネット。ふたつめは、運《うん》よく学校《がっこう》で見《み》つけた十一月《がつ》の誕生石《たんじょうせき》、トパーズです。

そのときはフェアリーパウダーをつかって、人間《にんげん》に変身《へんしん》したブルーベルが大《だい》かつやく！　ピュアのクラスに転校生《てんこうせい》として入《はい》りこみ、トパーズを見《み》つけるためにがんばったのです。おまけに、オークの木《き》を切《き》りたおそうと計画《けいかく》しているのは、ティファニーのお父《とう》さん

――マックス・タウナーさんだということも、さぐりだしました。

もしもオークの木《き》が切《き》りたおされてしまったら、フェアリーランドと人間《にんげん》の世界《せかい》をむすぶ門《もん》はなくなります。妖精《ようせい》はもう二度《にど》と人間《にんげん》の世界《せかい》にこられなくなってしまうのです。

妖精《ようせい》が力《ちから》をそえているからこそ、花《はな》がしっかり育《そだ》ち、季節《きせつ》がきちんとうつりかわります。その力《ちから》がなくなってしまうのですから、たとえば雨《あめ》ばかりふって、くだものややさいが育《そだ》たなくなるかもしれません。そんなことになったら、人間《にんげん》も動物《どうぶつ》も食《た》べ物《もの》がたりなくなってしまいます。

妖精《ようせい》だって、人間《にんげん》の世界《せかい》に自由《じゆう》に来《こ》られなくなったら、たいせつな自然《しぜん》を守《まも》れなくなります。今《いま》わかっているのは、フェアリーランドの未来《みらい》も人間《にんげん》の世界《せかい》のこれからも、四人《にん》の妖精《ようせい》とピュアのがんばりにかかっている、ということです。

指令書《しれいしょ》を読《よ》みおわったスノードロップが、きゅうに不安《ふあん》な顔《かお》になりました。

「ああ、もしも誕生石《たんじょうせき》があつまらないうちに、オークの木《き》が切《き》りたおされてしまったら……！」

ピュアはスノードロップのふるえる手《て》をそっとつつんで、元気《げんき》づけるようににっこりしました。

「あした、ティファニーが帰《かえ》ったらすぐ、ここに来《く》るね。そしたら、べつの誕生石《たんじょうせき》を見《み》つける方法《ほうほう》を考《かんが》えよう！」

それからピュアはきびしい顔《かお》をして、みんなにいいわたしました。

「だから、みんなはあした、ここでおとなしくしていてね。とくにブルーベルはかっとなりやすいから、ぜったい、うちに来《き》ちゃだめだよ。万《まん》が一《いち》ティファニーに見《み》つかったら、たいへんだからね」

けれども、サルビアが首《くび》をふりました。

「あたしたちがそばにとんでいたって、平気《へいき》よ。きっとティファニーには見《み》えないだろうから」

妖精《ようせい》の存在《そんざい》をしんじない人《ひと》には、四人《にん》のすがたは見《み》えません。ですからまず、大人《おとな》に見《み》つかるしんぱいはありませんし、子《こ》どもにも、たいていは気《き》づかれません。

「それは、わからないよ。ティファニーは妖精《ようせい》をしんじているかもしれないじゃない。念《ねん》には念《ねん》を入《い》れなくちゃ」

ピュアのことばに、四人《にん》は目《め》を見《み》ひらいてうなずきました。学校《がっこう》で、ティファニーは人間《にんげん》になったブルーベルにかなりいじわるなことをいいました。もしもほんものの妖精《ようせい》を見《み》たりしたら、なにをするかわかりません。

そのとき、「ピュア、ごはんよ!」とママのよぶ声《こえ》がしました。

もう夕食《ゆうしょく》の時間《じかん》です。

ブルーベルがにっとわらってピュアにいいました。

「食《た》べおわったら、すぐにもどってきて! またいっしょにすべり台《だい》であそんで――」

「ううん、きょうはむり。もう夜《よる》になっちゃうし、ママがあしたティファニーにだすケーキをいっしょに焼《や》こうっていってたから。ママはわたしに友《とも》だちができたと思《おも》っていて、ティファニーがうちに来《く》るのをよろこんじゃってるんだ……」

とたんに、ブルーベルがおこって、足《あし》をドン！　とふみならしました。

「ティファニーはケーキまでもらえるわけ？　そんなのずるい！　どうしてピュアのママはうちらにケーキをつくってくれないの？　うちらとピュアは、ほんとの友《とも》だちなのに！」

ピュアは、かなしい気《き》持《も》ちでブルーベルにほほえみかけました。

「わたしもママにみんなをしょうかいできたらなあって思《おも》う。でもママは妖精《ようせい》をしんじていないの。みんなのこと、前《まえ》にいちど話《はな》してみたんだよ。でも、ママはわたしの空想《くうそう》だとしか思《おも》わなかったんだ」

「そっか……」

ブルーベルも、ちゃんとわかってくれました。

ピュアは四人《にん》にさよならのハグをすると、ドアノブに手《て》をかけて、魔法《まほう》のことばをとなえました。

「妖精《ようせい》をしんじます……妖精《ようせい》をしんじます……妖精《ようせい》をしんじます！」

するとまた、頭《あたま》のてっぺんがチリチリしました。つづいて、ボン！

という音《おと》！

ピュアはどんどん大《おお》きくなって、もとのすがたにもどりました。

風《かぜ》にゆれる長《なが》い草《くさ》や花《はな》のなかへかけだしながら、ピュアはふりかえってさけびました。

「またあした！　超特急《ちょうとっきゅう》で会《あ》いにくるからね！」

「あたしたちより先《さき》にはむりかもしれないけどね」

サルビアはそういうと、ブルーベルと顔《かお》を見《み》あわせてクスクスわらいだしました。ふたりはいたずらをする前《まえ》に、よくこんなふうにわらいます。

けれど、もうだいぶはなれているピュアには、サルビアの声《こえ》もふたりのクスクスわらいもきこえませんでした。


家《いえ》に帰《かえ》ってすぐ、夕食《ゆうしょく》がはじまりました。

あしたのことを考《かんが》えるとくらい気持《きも》ちになってしまうピュアは、きらいなグリーンピースを皿《さら》の上《うえ》でつつきまわしていました。そのあいだ、ママは「新《あたら》しい友《とも》だち」があそびにくることをよろこんで、「よかったわねえ」としきりに話《はな》しかけてきます。

「それで、ふたりでなにをしてあそぶの？」

ママがたずねました。ピュアがきこえないふりをしても、またおなじことをきいてきます。うれしそうなママをがっかりさせたくありません。ピュアはしかたなく、なんとか笑顔《えがお》をつくってこたえました。

「宿題《しゅくだい》をやるやくそくしてるんだ。いっしょにおとぎ話《ばなし》をつくって、ノートに清書《せいしょ》するつもり」

「感心《かんしん》ね！　ピュアは想像力《そうぞうりょく》がゆたかだから、きっとすてきなおとぎ話《ばなし》をつくれるわね！」

「うん」
ティファニーのことを考《かんが》えると気《き》が重《おも》くなりましたが、ママにほめられて、ピュアはちょっとてれてしまいました。うちのママってやっぱりさいこうだな、と思《おも》います。
ふいに、ほんとうのことを話《はな》したくなりました。ティファニーは友《とも》だちではないこと。それに、宿題《しゅくだい》をかわりにやらなくてはいけないことも。
けれど、そんなことを知《し》ったらママはおこって、ティファニーの悪《わる》だくみを先生《せんせい》にいうかもしれません。そうなったら、ピュアはきっと学校《がっこう》でひどいめにあいます。ティファニーにおそろしいいじわるをされるにきまっています。

ああ、それはいや。やっぱりあしたはがまんしてでも、ティファニーとうまくやろう。

ピュアはそうきめました。がんばるしかありません。

とはいえ、これだけは、ねがわずにはいられませんでした。

あしたはせめて、ブルーベルたちがおとなしくしてくれますように！

第2章

いつわりの友《とも》だち

土曜《どよう》の朝《あさ》、ピュアが着《き》がえをしていると、あいているまどからデイジーたちが入《はい》ってきました。

「かわいいワンピースね！」

スノードロップが、にっこりしていいました。

「サンダルも、マッチしてるよね！」

ブルーベルがつけたします。

ふたりにほめられてうれしかったものの、ピュアはちょっとこわい顔《かお》をつくっていいました。

「ありがとう。でも、ここには近《ちか》づかないでっていったでしょ？」

とたんに、デイジーが顔《かお》を赤《あか》らめました。

「ごめんね。わすれたわけじゃないの。ただ、ブルーベルとサルビアにせっとくされて、けっきょくみんなで来《き》ちゃった」

ブルーベルとサルビアは、とてもいたずらずきなのです。ピュアはふたりにちょっぴり反省《はんせい》してもらおうと、たずねました。

「まーったく、おふたりさん、どういうこと？」

「だって、うちら、ピュアをひとりにして、あのいじわるティファニーの相手《あいて》なんて、させたくないんだもん！」とブルーベル。

ピュアは思《おも》わず大《おお》きな声《こえ》でいいました。

「わたしだって、ティファニーとふたりきりになんて、なりたくない！　でも、もし見《み》つかったらどうするの？　ティファニーにだけはみんなの存在《そんざい》を知《し》られたくないのに！　だって、なにをされるかわからないいんだよ!?」

「あたしたち、ちゃんとかくれるわよ。学校《がっこう》で一日《にち》すごしたおかげで、かくれるのがすっかりうまくなったんだもの」

サルビアはそういって、ほらね、とばかりに部屋《へや》のカーテンのうしろにさっと入《はい》りました。

ところがそのとき、そよ風《かぜ》がふいて、カーテンがふわりともちあがり、すぐにサルビアのすがたがまる見《み》えになりました。みんながわらいます。

サルビアはぷりぷりおこりながら、いいわけをしました。

「今《いま》のはとりあえず、かくれ方《かた》を見《み》せてあげただけ！　本番《ほんばん》では、ここよりずっといいかくれ場所《ばしょ》を見《み》つけられるもの！」

妖精《ようせい》たちが学校《がっこう》でちゃんとかくれていたのはたしかです。算数《さんすう》の教科書《きょうかしょ》のうしろに身《み》をかくしたり、絵《え》の具《ぐ》がついているカラフルなパレットの山《やま》のかげに、うまくすがたをまぎれさせたりしたのです。

ピュアはしぶしぶうなずきました。

「わかった。ここにいていいよ。ただ、おねがいだから、見《み》つからないように気《き》をつけてね！」

「やくそくする！　妖精《ようせい》の名《な》にかけて！」

みんなは声《こえ》をそろえてそういうと、気《き》をつけのしせいになって、ぴっと敬礼《けいれい》しました。

そのとき、玄関《げんかん》のチャイムがなりました。大《おお》きな音《おと》に、妖精《ようせい》たちがびくっと体《からだ》をふるわせます。ピュアは深呼吸《しんこきゅう》をひとつしました。

「行《い》かなくちゃ。ティファニーが来《き》たんだと思《おも》う」

ピュアが階段《かいだん》をおりたときには、もうママがティファニーをリビングにむかえいれていて、「なにかのむ？」ときいていました。

「ソーダ」とティファニー。

たったひと言《こと》だけです。「ありがとうございます」も「おねがいします」もいいません。

ママは少《すこ》しおどろいた顔《かお》になりましたが、にっこりしてこたえました。

「ごめんなさいね、うちにはソーダがないの。オレンジジュースはどう？」

ティファニーのしつれいないい方《かた》をフォローしようと、ピュアがかわりにこたえました。

「あ、それいいね！　ママ、おねがい！」

「じゃあ、それでいいけど……」とティファニー。

けれど、ママがオレンジジュースをもってくると、ティファニーはやっぱり気《き》に入《い》りませんでした。

「ジュースになにか入《はい》ってる！」

そういってママをにらみつけます。まるで毒《どく》でも入《い》れられたといわんばかりです。

すると、ママがわらいだしました。

「それはオレンジのつぶよ。大《おお》きな実《み》をまるごとしぼった手《て》づくりジュースなの。のんでみたら、きっとおいしいわよ！」

ピュアも思《おも》わずにっこりします。と、そのとき、うしろからわらい声《ごえ》がきこえてきました。鈴《すず》をころがしたような、かわいらしい声《こえ》です。ピュアははっとして、身《み》をかたくしました。うしろをふりかえりたいのを、ひっしにこらえます。

妖精《ようせい》たちがわらっているのです。どうやらリビングのまどべまでとんできているようです。ピュアはすっかり不安《ふあん》になりました。

まったく、あれほど、見《み》つからないように気《き》をつけてっていったのに！

ママはなにも気《き》づいていません。

でも、ティファニーはさっと顔《かお》をあげ、ふしぎそうにまゆをよせました。どうやら妖精《ようせい》の声《こえ》がきこえたようです。

うわ、まずい！

ピュアは息《いき》をのみました。

「今《いま》、なにかきこえなかった？」

「ううん、なんにも！」

ピュアはきっぱりそういうと、ティファニーがオレンジジュースのつぶつぶをにらみつけているすきにふりかえり、妖精《ようせい》たちにむかって「しずかに！」とおこった顔《かお》をして見《み》せました。

そのときまた、ティファニーが口《くち》をひらきました。

「やっぱ、ほかの飲《の》み物《もの》がい――」

「あー、ティファニー！　わたしの部屋《へや》に行《い》こう！」

ピュアはティファニーのことばをさえぎって、いそいでろうかにつれだしました。自分《じぶん》の部屋《へや》に入《い》れたくありませんが、これ以上《いじょう》、ママをこまらせたくもありません。だいたい、オレンジジュースだって、わざわざティファニーのために用意《ようい》してくれたものなのです。

ピュアの部屋《へや》の前《まえ》まで来《く》ると、ティファニーはかってにドアをあけました。

「ここがあんたの部屋《へや》？　マジで？」

ピュアはくちびるをかんで、うなずきました。しつれいないい方《かた》をされても、がまん！　と自分《じぶん》にいいきかせます。

「へえ、物置《ものおき》かと思《おも》っちゃった。あたしのクローゼットのほうが、あんたの部屋《へや》より大《おお》きいし」

ティファニーがいじわるくいいましたが、ピュアはそれどころではなくなっていました。部屋《へや》のまどから妖精《ようせい》たちがとんできて、本《ほん》だなにかくれたのが見《み》えたのです。おまけに、ピュアが気《き》に入《い》っている『フェアリーストーリー』という本《ほん》のうしろから顔《かお》をひょっこりのぞかせて、いたずらっぽい笑顔《えがお》をうかべています。

ふいに、ティファニーが「ふわあああああ」とあくびをしました。手《て》でかくすこともなく、大《おお》きな口《くち》をあけたので、朝食《ちょうしょく》で食《た》べたベーコンが奥歯《おくば》にはさまっているのが見《み》えます。妖精《ようせい》たちは思《おも》わず「うわ!」「オエ!」とさけんでしまいました。

とたんにティファニーがさっと本《ほん》だなのほうに顔《かお》をむけました。

いっしゅん、かくれるのがおそかったスノードロップのキラキラした羽《はね》が、ちらっと見《み》えたようです。

ピュアはどきっとしました。

まずい、見《み》つかった……!?

ティファニーがさけびました。

「あそこ！　大《おお》きな虫《むし》がいる！　たたきつぶさないと！」

ティファニーは本《ほん》だなにかけよって『フェアリーストーリー』をひっつかむと、くるりとかえして、うしろの表紙《ひょうし》を見《み》ました。

けれどもぎりぎりセーフ！

妖精《ようせい》たちはいません。

四人《にん》はティファニーが本《ほん》をつかむ直前《ちょくぜん》に、目《め》にも止《と》まらぬはやさでうまくすりぬけ、まどからでていました。そうでなければ、見《み》つかって……たたきつぶされていたでしょう！

「う、うん、たしかに、虫《むし》がいたね！　でも、外《そと》にとんでいったのが見《み》えたよ」

ピュアはそういってまどまであるいていくと、ぴしゃりとしめました。

「これでもう、入《はい》ってこないよ」

ふう。ほんと、あぶなかった。でもこ

れでだいじょうぶ!

　すると、ティファニーはつまらなそうに、もっていた『フェアリーストーリー』をゆかにぽいっとほうりだしました。

「あっ!」

　ピュアは思《おも》わず声《こえ》をあげました。

　本《ほん》がゆかにおちたひょうしに、ひらいたページがくしゃっとおれてしまったのです。

　なのに、ティファニーはまったく気《き》にしていません。

「ねえ、なんかゲームないの?」

　ピュアは小《ちい》さくため息《いき》をもらすと、本《ほん》だなにならべてあるゲームの名前《なまえ》をあげていきました。

「えっと、魚《さかな》つりゲームに、パズルに、トランプもあるけど……」

「はあ？　ゲームっていったら、テレビゲームにきまってるじゃん。まさかもってないわけ？　思《おも》ってたとおり、あんたってほんと、気《き》どってて、つまんないね！」

これにはさすがのピュアもかっとなり、ぎゅっとこぶしをにぎりしめました。ティファニーと目《め》をあわせたくなくて、顔《かお》をそむけます。すると、サルビアとブルーベルが、なんとか家《いえ》のなかに入《はい》ろうと、まどをおしているのが見《み》えるではありませんか。ふたりとも、ピュアのもとにかけつけたくて、いてもたってもいられないのです。ティファニーに見《み》つかるきけんが大《おお》きくなっても、かまわないと思《おも》っているにちがいありません。

ピュアはきゅうに元気《げんき》がでてきました。

わたしは気《き》どってて、つまらない子《こ》なんかじゃない！

こんなにすてきな友《とも》だちが四人《にん》もいるんだから！

ピュアがキッと顔《かお》をあげたのを見《み》て、ティファニーはむすっとしていいました。

「じゃ、さっさと宿題《しゅくだい》やってよ。そしたらあたしもさっさと帰《かえ》れるし」

「うん、それがいいね！　リビングでお話《はなし》をつくろうよ」

ピュアはそういうと、猛《もう》スピードで階段《かいだん》をかけおりました。ブルーベルたちがこのあとどうするか、たしかめたかったのです。

リビングからまどの外《そと》を見《み》て、ピュアはほっとしました。四人《にん》と

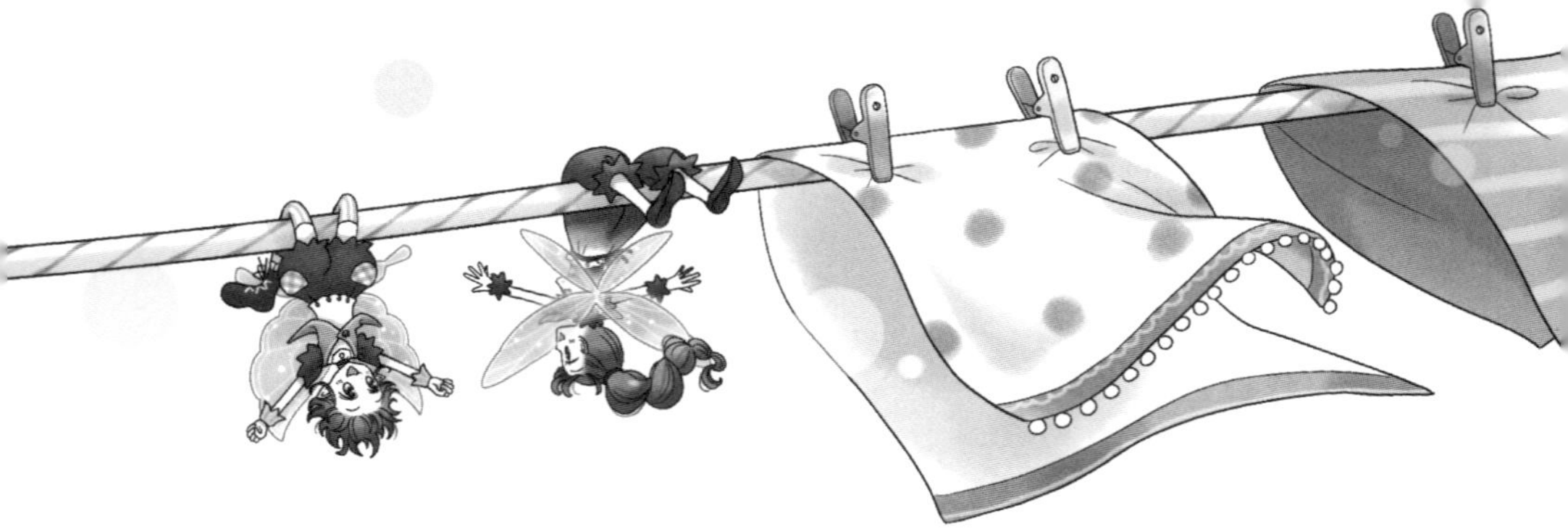

も裏庭《うらにわ》で楽《たの》しそうにしています。ティファニーのことなどわすれてしまったかのようです。

ブルーベルとサルビアはせんたく物《もの》をかわかすためのロープにひざをひっかけて、さかさにぶらさがりながらわらっていました。そよ風《かぜ》がふくたびに、体《からだ》が風車《ふうしゃ》みたいにくるんくるんまわります。

スノードロップは、体操選手《たいそうせんしゅ》そっくりにロープの上《うえ》を綱《つな》わたり。デイジーはママのビキニをハンモックにしてねそべっています。

いいなあ、わたしもみんなにまざりたい……！

ピュアは心《こころ》のなかでつぶやきながら、しぶしぶま

どから目《め》をはなしました。

リビングのいすにすわったティファニーが、ピュアに命令《めいれい》しました。

「じゃ、はやく、はじめてよ。あたしが主役《しゅやく》のおとぎ話《ばなし》にしてよね。あたしはお金持《かねも》ちでうつくしくて、ドレスとくつを山《やま》ほどもってるお姫《ひめ》さま。苦労《くろう》するとかは、いっさいなしね。わかった？」

ピュアはしかたなく、いわれたとおりにおとぎ話《ばなし》をつくりはじめました。

「むかしむかし……」

ティファニーは、ピュアが語《かた》る話《はなし》をそっくり書《か》きとめています。自分《じぶん》ではひとつも考《かんが》えないで、ただ自動的《じどうてき》に手《て》を動《うご》かしているだけです。

あーあ、『ティファニー姫《ひめ》はみんなから愛《あい》されて、すてきな王子《おうじ》さまと結婚《けっこん》しました。めでたしめでたし』なんて話《はなし》にはしたくないなあ。

ピュアは心《こころ》のなかで、べつの物語《ものがたり》を考《かんが》えずにはいられませんでした。

『いじわるティファニー』っていう話《はなし》のほうが、いいよね。『いじわるティファニーは、ふかくてくらい穴《あな》におちてしまいました。そこには、はらぺこオオカミがたくさんいて――』ううん、ちがうな。『そこには、ヘビがうじゃうじゃいて――』ううん、これでもなくて『オオカミとヘビがうじゃうじゃいて、ティファニーは食《た》べられてしまいましたとさ！』

考《かんが》えながら、ピュアは思《おも》わずにんまりしました。けれど、そんなことをほんとうにいえるはずがありません。ティファニーの気《き》に入《い》る物語《ものがたり》をつくらなければ、何度《なんど》も書《か》きなおしをさせられて、けっきょくいつまでもおわらないのです。

そんなのぜったいにいや！

それからだいぶ時間《じかん》がかかりましたが、どうにか『ティファニー姫《ひめ》』のおとぎ話《ばなし》は完成《かんせい》しました。

ちょうどそのとき、ママがリビングにやってきました。

「ふたりとも、そろそろお昼《ひる》よ。サンドイッチをつくろうと思《おも》うんだけど……」

「あ、じゃああたし、クリームチーズとスモークサーモンのサンドイッチ。パンの耳《みみ》がないやつ」

完成《かんせい》したおとぎ話《ばなし》を読《よ》みなおしていたティファニーが、ノートから顔《かお》もあげずにいいます。

ママはこまったようにピュアを見《み》てから、ティファニーにいいました。

「ごめんなさいね、クリームチーズもスモークサーモンもうちにはないの。ツナときゅうりのサンドイッチか、ハムとトマトのサンドイッチはどう？」

がんばってくれているママを見《み》て、ピュアはまた、ほんとうのことをいいたくなりました。「ティファニーはわたしの友《とも》だちなんかじゃないの！」と。でも、そんなことをしても、宿題《しゅくだい》をかわりにやったのがバレて、まずいことになるだけです。

ティファニーがふきげんそうにだまっているので、ママは「ツナときゅうりのサンドイッチ、おいしいわよ！　ためしてみてね！」といって、キッチンへ行《い》ってしまいました。そしてすぐに、できあがったランチをリビングにはこんでくれました。

ティファニーが、自分《じぶん》の前《まえ》におかれたサンドイッチをしぶしぶ手《て》にとります。けれども、パンをひらいてきゅうりを皿《さら》にだしたうえに、ママが切《き》りわすれたパンの耳《みみ》をわざとらしくのこしました。

それどころか、サイドテーブルに用意《ようい》してあるケーキに気《き》づくと、

「それ食《た》べる!」といいだしたのです。サンドイッチはまだ半分《はんぶん》のこっているのに。

ピュアがもし、ランチをのこしてケーキを食《た》べたがったりしたら、ママは「おじょうさま、デザートのご用意《ようい》はありません!」と冗談《じょうだん》ぽくいいながらも、ゆるしてくれないでしょう。

けれども、ティファニーはお客《きゃく》さまです。ママはすぐに、前《まえ》のばんにピュアと焼《や》いたチョコレートケーキをひと切《き》れだしてあげました。

ティファニーはケーキにかぶりつくと、くちゃくちゃといやな音《おと》をたててのみこみました。そしてママにむかってにっとわらいかけて、ひと言《こと》。

「ふーん、なにこれ。お店《みせ》で売《う》ってるやつじゃないのに、けっこうおいしい！」

そのことばに、ママもうれしそうにわらいます。

よかった。ティファニーもやっと、さっきまでの失礼《しつれい》な態度《たいど》をあらためたのかも……！

ピュアはようやくほっとしました。

ところが、ティファニーは態度《たいど》をあらためてなんていませんでした。ママがよそをむいているすきに、のこっているサンドイッチをフンとばかりにつっついて、ピュアを思《おも》いきりにらみつけます。

うんざりしたピュアは、ティファニーをむししてまどの外《そと》に目《め》をやりました。するとおどろいたことに、せんたく物用《ものよう》のロープにブルーベルたちがならんですわり、こっちを見《み》ていたのです。

四人《にん》とも「イー！」とか「ベロベロベロ！」とかヘンな顔《かお》をして、ティファニーをばかにしています。

ピュアは思《おも》わずプッとふきだしてしまい、あわてて口《くち》を手《て》でおおいました。とたんにティファニーがぱっと顔《かお》をあげます。

「なにがそんなにおかしいわけ⁉」

ピュアは首《くび》をぶんぶんふって、「なにも」とこたえました。

そのあと、ティファニーは記録的《きろくてき》なスピードで自分《じぶん》のケーキを（くちゃくちゃいやな音《おと》をたてて）たいらげました。のこりのケーキをものほしそうに見《み》つめます。その目《め》つきにママはまけてしまい、「もっと食《た》べる？」ときいてしまいました。ティファニーがうなずき、ママがもうひと切《き》れ、皿《さら》にのせてあげます。

そのケーキも食《た》べおわると、ティファニーはママにききもせず、かってにもうひと切《き》れ、自分《じぶん》の皿《さら》にのせて食《た》べてしまいました。

ピュアは自分《じぶん》のケーキを食《た》べおわったとき、せんたく物《もの》のロープにちらっと目《め》をむけました。妖精《ようせい》たちがいません。

どこ行《い》っちゃったんだろう。

ピュアはまぶしい日《ひ》の光《ひかり》に目《め》をほそめ、まどごしに青空《あおぞら》を見《み》あげました。けれどもやっぱり、どこにも見《み》あたりません。

そのとき、髪《かみ》の毛《け》がひっぱられる感《かん》じがしました。なにかがピュアの髪《かみ》の毛《け》たばをつたって上《うえ》にのぼっています。それから耳《みみ》もとで、小《ちい》さな声《こえ》がしました。その声《こえ》は……サルビア！

「ええと、くさった魚《さかな》に、ゆですぎた芽《め》キャベツに、とけたブロッコリー、ってところかな」

もちろん、今《いま》は「それってどういう意味《いみ》？」ときくことはできません。でも、サルビアがなにかたくらんでいることだけは、きかなくてもわかりました。

ブルーベルが天井《てんじょう》すれすれをとびながら、キラキラのフェアリーパウダーをふりまいたのが見《み》えました。パウダーがケーキのさいごのひと切《き》れにまいおちて、キラキラかがやきます。

そのケーキをティファニーがつかみました。

ほんとうなら、ティファニーが食《た》べるのを止《と》めたほうがよさそうでしたが、ピュアはなにもしませんでした。

だって……ティファニーにはわるいけど……やっぱりどうなるか見《み》てみたい……！

ティファニーがケーキにかぶりつき、くちゃくちゃかみました。

するとつぎのしゅんかん、血色《けっしょく》のいい顔《かお》がみるみるうちに青《あお》くなり、ティファニーが目《め》をむいて、いすのうえでぴょんぴょんはずみだしたのです。

それから、ケーキをぺっと皿《さら》にはきだすと、ゲホゲホせきこみながら、トイレにすっとんでいってしまいました。

ママがびっくりして、「かわいそうに。食《た》べすぎたのね」といいながら、ティファニーのあとをおっていきます。

ピュアはそっと裏庭《うらにわ》にでて、物置《ものおき》のかげにしゃがみこむと、やっとがまんをといて、わらいだしました。ブルーベルたちも、鈴《すず》の音《ね》のようなわらい声《ごえ》をひびかせながら、あつまってきます。

ピュアはなんとかまじめな顔《かお》をつくると、「もう、あんないたずらしたら、あぶないじゃない。ティファニーに見《み》つかったらどうするの？」といいました。

「でも、見《み》つからなかったわ」とサルビア。

「それに、ティファニーの態度《たいど》はひどすぎます。ママさんをこまらせて……。少《すこ》しこらしめないと」とスノードロップ。

「それに、すっごくおもしろかったあ！」とブルーベル。

ピュアも、にっこりせずにはいられませんでした。

「うん、おもしろかった。でもみんな、もうオークの木《き》の下《した》にもどって。ティファニーが帰《かえ》ったら、わたしも妖精《ようせい》ハウスに行《い》くから」

けれども、みんなはもじもじしています。やがて、ブルーベルが口《くち》をひらきました。

「でも、うちら、ピュアのママのビキニにかくれて、そこから草《くさ》でつくったおだんごをティファニーになげつけてやろうって作戦《さくせん》たてたんだけど」

「だめだめ！」

ピュアはさけびました。ただ、心《こころ》のなかでは、「それってグッドアイデア！」と思《おも》い、わらってしまいましたけど。

「おねがいだから、今《いま》は帰《かえ》って。みんなの安全《あんぜん》が第一《だいいち》だから。ティファニーをなるべくはやくおいかえして妖精《ようせい》ハウスに行《い》くよ。そしたら、いっしょにあそぼう。やくそくする」

「みんなで大《おお》なわとびをしたいです」とスノードロップ。

「うん、いいね！」とピュア。

そこで、四人《にん》はぱっと野原《のはら》にむかってとびたちました。ときどき空中《くうちゅう》で宙返《ちゅうがえ》りをしたり、スピンをしたりしながら、さっきのいたずらを思《おも》いかえして、わらっています。

そのころ、トイレからもどったティファニーは、キッチンに入《はい》り、ママからもらったオレンジジュースをつぶつぶごと一気《いっき》にのみほしました。なにしろ、さいごに食《た》べたケーキがどういうわけか、くさった魚《さかな》と、ゆですぎた芽《め》キャベツと、とけたブロッコリーのにおいがした気《き》がして、なんでもいいからわすれたかったのでした。

第3章
妖精《ようせい》ハウスがあぶない！

サルビアたちのいたずらからようやく立《た》ちなおったティファニーは、「帰《かえ》る」といいだし、ふだん面倒《めんどう》を見《み》てくれている乳母《うば》に「むかえにきて！」と電話《でんわ》しました。

よこできいていたピュアは心《こころ》のなかで「よかった！」とさけびました。あと三十分《ぷん》もしないうちに、妖精《ようせい》ハウスに行《い》って、大《おお》なわとびであそべるのです。それも、ほんとうの友《とも》だちと！

ママが「おむかえの車《くるま》をまっているあいだ、裏庭《うらにわ》であそんでたら？」といって、ふたりを外《そと》におくりだしました。

そこでピュアは「なわとびしない？」とさそいましたが、ティファニーはただこういっただけでした。

「やだ。なわとびなんて、つまんないし」

「えっと、だったら――」

ピュアはとちゅうまでいいかけて、はっと口《くち》をつぐみ、身《み》をかたくしました。ティファニーが裏庭《うらにわ》のむこうにある野原《のはら》を見《み》つめていたからです。目線《めせん》の先《さき》にはオークの木《き》があります。そしてその根《ね》もとには、妖精《ようせい》ハウスがおいてあります。

ティファニーが裏庭《うらにわ》の芝生《しばふ》をずんずんつっきって、あるきだしました。

「きーめた！　探検《たんけん》に行《い》く！」

そのことばに、ピュアはぞっとして目《め》を見《み》ひらきました。ティファニーを野原《のはら》に入《はい》らせるわけにはいきません。

妖精《ようせい》ハウスが見《み》つかったら、どうしよう……！

止《と》めなくちゃ！　今《いま》すぐに！

「ティファニー、まって！　えっと、ママに裏庭《うらにわ》の外《そと》に行《い》っていいか、ちゃんときいてからでないとだめ！」

「でてた、いい子《こ》ちゃんぶっちゃってさ！」

ティファニーはピュアをなじると、さっさと針金《はりがね》フェンスをくぐって、野原《のはら》に入《はい》ってしまいました。

こうなっては、おいかけるしかありません。ピュアはとぶように走《はし》りだしました。心臓《しんぞう》がばくばくいっています。

ティファニーはオークの木《き》までまっすぐかけていくと、いきなり幹《みき》に強烈《きょうれつ》なキックをお見舞《みま》いしました。さっきのケーキの件《けん》でムシャクシャしていたようです。それからふと、しゃがみこむと、「なにこれ？」といって妖精《ようせい》ハウスをのぞきこみました。

そして……妖精《ようせい》ハウスをもちあげ、ガタガタゆすりだしたのです。

「やめて！」

ピュアはぞっとして気持《きも》ちがわるくなりました。今《いま》すぐティファニーの手《て》から妖精《ようせい》ハウスをもぎとりたいと思《おも》いましたが、とりあううちにおとしたらたいへんです。

心臓《しんぞう》の止《と》まりそうな時間《じかん》がすぎたあと、ティファニーが妖精《ようせい》ハウスを地面《じめん》におろして屋根《やね》のかけがねをはずしました。

つづいて妖精《ようせい》ハウスの前《まえ》がわ全体《ぜんたい》を、本《ほん》のようにひらきます。

ピュアはほとんど息《いき》ができません。

みんなのすがたが見《み》えちゃう……！

ピュアが息《いき》を止《と》めたまま、おそるおそる妖精《ようせい》ハウスをのぞきこむと、そこにはだれもいませんでした。

ああ、ほんとによかった……！　でも……だったらみんな、どこへ行《い》ったんだろう？

そのとき、ピュアは気《き》づきました。

あのようふくだんすのとびら！　スノードロップのスカートがはさまって、はみでてる！　そっか、みんな、前《まえ》にかくれんぼをしたときにかくれた場所《ばしょ》へにげこんだんだ！

ティファニーもよこからなかをのぞきこみ、目《め》についたテーブルをつまみあげると、草《くさ》の上《うえ》になげすてました。つづいて、ソファーもほうりだします。

「この古《ふる》くさいおもちゃの家《いえ》って、あんたの？」

ピュアはむっとして、思《おも》わずこぶしをにぎりしめましたが、だまってうなずきました。

今《いま》はとにかく、妖精《ようせい》たちが見《み》つからないようにすることがいちばんだいじです。前《まえ》のかくれんぼではバスタブに入《はい》ってまる見《み》えだったブルーベルが、今回《こんかい》ちゃんとわかりにくいところにかくれたようなので、ひとまずほっとしました。

ピュアは自分《じぶん》にいいきかせました。

今《いま》はおこっちゃやだめ。それよりわたしも妖精《ようせい》ハウスのことを、古《ふる》くさいおもちゃの家《いえ》だと思《おも》ってるふりをしなきゃ。そうしたら、ティファニーもそのうちあきて、ほうっておいてくれるはず。

ティファニーが話《はなし》をつづけます。

「うわ、葉《は》っぱと花《はな》びらで、なんかいろいろつくってある！　びんぼうくさーい！　あたしがもっとおしゃれにしてあげる」

そのとき、ブルーベルがこっそりキッチンの食器《しょっき》だなをでて、まどから外《そと》にぬけだしました。ピュアが見《み》ていることに気《き》づくとウインクして、くちびるに指《ゆび》をあてる「しずかに」の合図《あいず》をおくってきます。

つぎのしゅんかん、ブルーベルはティファニーの足《あし》もとの草《くさ》むらにとびこんで、わざとブーンという羽音《はおと》をたててとびまわりはじめました。

「わ！　ハチ！　ハチがいる！」

ティファニーがびっくりして、見《み》え

ないハチをよけるように、ひょこひょことびはねます。

そこで、ブルーベルは小枝《こえだ》をさっとひろいあげると……ティファニーの足《あし》につきたてたのです。チクッ！

「イタッ！　うわ、うわ、ハチにさされた！　サイアク！　あー、もう、あんたん家《ち》にもどる！」

「うん、それがいいね」

笑《わら》いをこらえながら、ピュアはいいました。ティファニーが大《おお》げさに足《あし》をひきずって、家《いえ》にひきかえしていきます。ピュアはうしろをあるきながら、ちらっとふりかえりました。妖精《ようせい》ハウスの屋根《やね》の上《うえ》に、四人《にん》がすわってわらっているのが見《み》えます。

ティファニーとピュアが裏庭《うらにわ》にたどりついたとき、ブッブー！

という車《くるま》のクラクションがなりひびきました。

「おむかえがきたんじゃない？」

ピュアはほっとしながら、いいました。

ティファニーはピュアをむしして、家《いえ》にずかずか入《はい》っていくと、リビングにおいてあったバッグをひっつかみ、『ティファニー姫《ひめ》』をかきとめたノートをつっこんでから、玄関《げんかん》にむかっていきました。

ピュアもママもあわててあとをおいます。

ティファニーはふりむきもせず、そのまま帰《かえ》っていきました。ピュアに「さよなら」もいわなければ、ママに「おじゃましました」や「ごちそうさまでした」もいいません。

玄関《げんかん》ドアがしまると、ママはおどろきながら、ピュアに声《こえ》をかけました。

「ティ、ティファニーとは、なかよく――」

「あ、うん、なかよくしてたよ」

ピュアはあわてていいきりました。ママの目《め》を見《み》られません。

ああ、ほんとうのことをいいたい。ティファニーとは友《とも》だちじゃないことも、宿題《しゅくだい》をかわりにさせられたことも。でも……やっぱり、いえないよ。ママ、ほんとのことを話《はな》せなくてごめんね。

ピュアはだまって、ママをだきしめました。それからふたりでいっしょにキッチンにもどって食器《しょっき》をあらい、かたづけました。

そのあと、ピュアはいそいで家《いえ》をでて裏庭《うらにわ》をつっきり、針金《はりがね》フェンスをくぐりぬけ、野原《のはら》をつきすすみました。あるきながら、声《こえ》をかけます。

「ねえ、ブルーベル、ハチのふりをするなんて、グッドアイデアだったね！　まあ、ちょっといじわるだったけど、ティファニーにはいいクスリ！」

ところが、答《こた》えがかえってきません。

ピュアは首《くび》をかしげながらオークの木《き》までたどりつき、あまりのショックに、その場《ば》に立《た》ちつくしました。

どういうこと？　妖精《ようせい》ハウスがない……！

妖精《ようせい》ハウスがあるはずの場所《ばしょ》はからっぽで、地面《じめん》と木《き》の根《ね》っこが見《み》えています。

ピュアは頭《あたま》がこんらんしてしまいました。

そのとき、地面《じめん》におちている大《おお》きな葉《は》っぱの下《した》から、妖精《ようせい》が三人《にん》、なきながらでてきました。ブルーベル、サルビア、スノードロップです。すっかりとりみだして、とぶこともできません。

ピュアは三人《にん》をそっとだきあげました。

「いったいなにがあったの?」

こたえたのはスノードロップでした。

「あの子《こ》が……あの子《こ》が……通《とお》りのはずれで車《くるま》をおりて、裏道《うらみち》からここにもどってきて……妖精《ようせい》ハウスをもっていってしまったんです!」

ピュアは三人《にん》をやさしくだきしめました。

「あの子《こ》」がだれなのかは、すぐにわかりました。

ティファニーです。

「うちら、なんとかぬけだして――」

「よかった！」

ブルーベルのことばをきいて、ピュアは思《おも》わずいいましたが、すぐに不安《ふあん》になりました。

「ねえ、デイジーはどこ？」

ピュアの質問《しつもん》に、こんどはサルビアがこたえました。

「デイジーだけ、にげおくれて……妖精《ようせい》ハウスのなかにまだいるの！　ティファニーにつかまっちゃった！」

三人《にん》はなきだして「どうしよう！」「デイジー！」「たすけなきゃ！」と口々《くちぐち》にさけびはじめました。

ピュアも胸《むね》が苦《くる》しくなり、目《め》になみだがたまってきましたが、なんとか気持《きも》ちをしずめようとがんばります。

みんなが少《すこ》しおちついたところで、ふたたびスノードロップがくわしい話《はなし》をはじめました。

「ティファニーがやってきたとき、わたしたち三人《にん》は妖精《ようせい》ハウスのまどから猛《もう》スピードでとびだしたんです。でもそのとき、デイジーがでおくれて、ティファニーに見《み》つかってしまいました。デイジーがあのにくらしい手《て》でつかまれたのが見《み》えました。ひどすぎます。ほんとうにこわかった……」

スノードロップがまたしくしくなきだしました。

サルビアがかたをだきかかえます。

のこりの話《はなし》はブルーベルがつづけました。なみだをこらえているために、早口《はやくち》になっています。

「そのとき、サルビアがとっさに、デイジーを守《まも》ったんだ。スノードロップからフェアリーパウダーのびんを受《う》けとって、つかまったデイジーにキラキラの粉《こな》をふりまいたってわけ。デイジーは魔法《まほう》にかかって、かちんこちんにかたくなった。だから少《すこ》しは安全《あんぜん》なはずだよ。だって、かちんこちんのデイジーを、ティファニーは人形《にんぎょう》としか思《おも》わないよね？　まさか妖精《ようせい》だとは気《き》づかないってわけ」

「ちょっとまって！　でもそれじゃあ、デイジーは体《からだ》が動《うご》かなくて、にげられないってことじゃない！」

ピュアはさけびました。

サルビアも、ほかのふたりも、まっ青《さお》になりました。デイジーをたすけるためにしたことが、ぎゃくにこまらせることになったのです。

ピュアは三人《にん》にいいました。

「でも、ひとつだけ方法《ほうほう》がある。わたしたちがたすけにいくの！今《いま》ごろ、デイジーはティファニーの家《いえ》のなかにいると思《おも》う。もしもフェアリーパウダーのききめがよわまって魔法《まほう》がとけたら、デイジーは妖精《ようせい》にもどるんだよね？　そのときティファニーに見《み》つかったら……たいへんなことになる！　いそいでたすけなきゃ！」

三人《にん》がはっとして、なみだをぬぐいました。葉《は》っぱをちぎって、はなもかみます。ないているひまなどないのです。
すぐにピュアがデイジーの救出作戦《きゅうしゅつさくせん》をたてました。

1 ピュアがママに、ティファニーがノートをわすれていったという。（ママにはピュアのノートを見《み》せて、ティファニーのわすれ物《もの》だというふりをする）
2 ママもいっしょに来《き》てもらって、ティファニーの家《いえ》にノートをとどけにいく。
3 ママには外《そと》でまっててもらって、ピュアひとりでティファニーの家《いえ》に入《はい》る。
4 ピュアはすばやくデイジーと妖精《ようせい》ハウスを見《み》つけて、とりもどす。

「すごくいい作戦《さくせん》！」とブルーベル。
「あたしたちも、いっしょに行《い》くわよ」とサルビア。

「だれもわたしたちを止《と》められません！」とスノードロップ。

ピュアはうなずきました。四人《にん》でデイジーをたすけだすのです。

「よおし、じゃあ、作戦開始《さくせんかいし》！　うちらががんばらなくちゃ！」

ブルーベルのことばを合図《あいず》に、妖精《ようせい》たちはとびたちました。みんなでピュアの家《いえ》にむかいます。

ピュアは、いやなことを想像《そうぞう》しないようにしました。ティファニーがデイジーをどんなめにあわせるかなんて、考《かんが》えたくもありません。今《いま》はいのるだけです。どうか魔法《まほう》がとける前《まえ》に、デイジーをすくいだせますように……！

第4章
デイジーをさがして

デイジー救出作戦《きゅうしゅつさくせん》の1（ママに、ティファニーがノートをわすれていったという）をすませたピュアは、ママといっしょに通《とお》りをぐんぐんあるいていました。ブルーベルたち三人《にん》は、ピュアのワンピースのポケットのなかにいます。

ママには「夕方《ゆうがた》、もっとすずしくなってから行《い》くことにすれば？」とすすめられたのですが、ピュアは「すぐにとどけてあげよう！」といいはりました。一秒《びょう》でもはやくデイジーをすくいだしたい気持《きも》ちでいっぱいです。

ピュアがあまりにもねっしんにいったので、ママはすぐにぼうしをとってきて、いっしょに外《そと》にでてくれました。行《い》くときまってから、二分《ふん》もかかっていません。ピュアは、わきにかかえた自分《じぶん》のノートの表紙《ひょうし》をママに見《み》せないよう、気《き》をつけてあるきました。

三十分《ぷん》ほどすると、ついに大《おお》きな黒《くろ》い鉄《てつ》の門《もん》にたどりつきました。ティファニーの家《いえ》です。

門《もん》からなかをのぞくと、りっぱな白《しろ》いお屋敷《やしき》が見《み》えました。妖精《ようせい》たちもポケットから顔《かお》をだします。スノードロップが、きんちょうのあまり、ごくりとつばをのみこみます。

ママがワンピースのしわをぴんとのばしたり、もってきたバッグのなかのくしをさがしたりしはじめました。かんたんに身《み》だしなみをととのえたら、なかに入《はい》るつもりなのです。

「あ、ママはよかったら、ここにいてくれないかな。ひとりでだいじょうぶだから」

「あら、そう……。わかったわ。じゃあ、あそこにいるから、はやくね」

ママがそばのベンチにすわります。

ピュアはブザーをならしました。すぐに門《もん》が自動《じどう》ですーっとひらいたので、すばやくなかに入《はい》りました。そうっと足音《あしおと》をたてずにすすんで玄関《げんかん》のドアまでやってくると、つまさき立《だ》ちをして、ライオンの頭形《あたまがた》のノッカーをつかみます。トントン！　とたたくと、ドアはすぐにひらいて、山《やま》もりのせんたくかごをかかえた、背《せ》の高《たか》い青《あお》

白《じろ》い顔《かお》の女《おんな》の人《ひと》がでてきました。

ティファニーのお母《かあ》さん？

ピュアはとにかくあいさつをしました。

「こんにちは、タウナーさん。わたしはピュアといいます。さっき、ティファニーがうちにきて、ノートをわすれていったので、こまっているんじゃないかと――」

女《おんな》の人《ひと》がにっこりして、ピュアのことばをさえぎりました。

「あら、わたしはタウナーの奥《おく》さまじゃないんですよ。奥《おく》さまがわざわざ玄関《げんかん》にでてお客《きゃく》さまをむかえることは、ありません。わたしはティファニーおじょうさまの乳母《うば》です」

そこで、二階《かい》にあるティファニーの部屋《へや》までの行《い》き方《かた》を教《おし》えてもらい、ピュアはお屋敷《やしき》のなかに入《はい》りました。白《しろ》い大理石《だいりせき》でできたろうかには、両《りょう》がわのかべにずらりと金《きん》ぶちのかがみがならんでいます。どこもつめたくて、かたい感《かん》じがしました。気《き》をつけないと、みがきあげられたゆかで足《あし》をすべらせそうです。

なんだか、さびしいところ……。

ブルーベルたちは、ワンピースのポケットから顔《かお》をのぞかせていましたが、なんだかそわそわしているようです。ピュアははっとしました。

そうだ、妖精《ようせい》って、とじこめられているふんいきが苦手《にがて》なんだっけ。このあいだ学校《がっこう》のなかに一日《にち》いたから、だいぶなれたと思《おも》っていたんだけどな。

とはいえ、ピュアもだんだんおちつかない気分《きぶん》になってきました。いくらすすんでも、ティファニーの部屋《へや》にちっともたどりつかないからです。いよいよ不安《ふあん》になったとき、やっとドアに〈ティファニー〉と書《か》かれたふだがかかっている部屋《へや》の前《まえ》にやってきました。

ピュアはノックをして、返事《へんじ》をまたずになかにとびこみました。大《おお》きなガラスのテーブルの前《まえ》にすわり、うつむいてなにかをしていたティファニーが、手《て》を止《と》めます。ピュアのワンピースのポケットから顔《かお》をだしていた妖精《ようせい》たちが、あわててなかにひっこみました。

ピュアは目《め》の前《まえ》の光景《こうけい》に息《いき》をのみました。

テーブルの上《うえ》には妖精《ようせい》ハウスがおかれていて……それはもう、ひどいありさまだったのです。

かわいい水玉《みずたま》もようのカーテンはびりびりにやぶれていますし、ソファーにかけてあったバラの花《はな》びらのカバーはなく、かわりに、見《み》るからにごわごわした黒《くろ》い布《ぬの》がのせてあります。そして四人《にん》の部《へ》屋《や》は……！

ひどい……ひどすぎる！

ピュアは心《こころ》のなかでさけびました。

ティファニーは四つの部《へ》屋《や》のかべをすべて、むらさき色《いろ》にぬりなおし、そのあと気《き》がかわったらしく、さらに上《うえ》から緑色《みどりいろ》をかさねていました。てきとうにぬったのでしょう。二色《しょく》がまざって、くらい茶色《ちゃいろ》になっています。

それにピュアと妖精《ようせい》が力《ちから》をあわせてつくった、デイジーの花《はな》のナイトライト。やわらかい光《ひかり》をはなつ、とてもうつくしいライトだったのに、今《いま》はいくつにもちぎれて、ばらけています。

そのよこでは、ブルーベルがつくった押《お》し花《ばな》の絵《え》が、やっぱりこなごなになっています。

そしてなによりショックなことに、みんなで楽《たの》しくあそんだすべり台《だい》が、見《み》るかげもなくぼろぼろになってゆかにおちていたのです。

ようやく顔《かお》をあげたティファニーが、ピュアにいいました。

「なんであんたがここにいるわけ？」

ピュアはがまんができず、妖精《ようせい》ハウスを指《ゆび》さしながらいいました。

「めちゃくちゃじゃない！　どうしてこんなことするの？」

けれども、ティファニーはちっともわるびれません。

「前《まえ》よりましになったでしょ？　感謝《かんしゃ》してよね」

そんな！　やっぱりひどすぎる！　ティファニーなんて、オオカミとヘビでいっぱいの穴《あな》におっこっちゃえばいいのに！

ピュアはそう思《おも》いましたが、妖精《ようせい》ハウスのことはひとまず頭《あたま》からふりはらいました。今《いま》はデイジーを見《み》つけることが先《さき》です。

テーブルの上《うえ》には人形《にんぎょう》もたくさんありましたが、いくら目《め》をこらしても、デイジーはいません。

ふいにポケットのなかからピュアの服《ふく》がひっぱられました。見《み》るとサルビアが合図《あいず》をしていて、人形《にんぎょう》のよこにある黒《くろ》い布《ぬの》の山《やま》を指《ゆび》さしています。山《やま》の下《した》にはなにか細長《ほそなが》いものがはさまっていました。

デイジーです！

とはいえ、着《き》ているものは、いつもの黄《き》色《いろ》い花《はな》びらのスカートではなく、オレンジ色《いろ》のナイロンでできたパーティードレス。首《くび》とそでに、いかにもちくちくしそうなレースがついています。髪《かみ》は三つあみではなく、ポニーテールにされていて、とんがった形《かたち》のちっともかわいくないヘアクリップが三つつけられています。サルビアに教《おし》えてもらわなかったら、ピュアはデイジーだと気《き》づかなかったでしょう。

デイジーは人形《にんぎょう》のようにかちんこちんになっていましたが、それ

でも顔《かお》を見《み》ただけで、みじめで、かなしくて、ものすごくこわいんだと、ピュアにはつたわってきました。

どうやらティファニーは、大量《たいりょう》の人形《にんぎょう》をつかって病院《びょういん》ごっこをしているようでした。どの人形《にんぎょう》も、手《て》に包帯《ほうたい》をして布《ぬの》でつったり、頭《あたま》を包帯《ほうたい》でぐるぐるまきにしたり、足《あし》にばんそうこうをはったりと、どこかしらを手《て》あてされています。

とりあえずデイジーは安全《あんぜん》だな、とピュアはほっとしました。

ティファニーは手《て》あてをするのが楽《たの》しいようなので、デイジーが人形《にんぎょう》のふりをしているかぎり、包帯《ほうたい》をまかれるだけですみそうです。

ピュアとデイジーの目《め》があいました。ひっしに「たすけて！」と目《め》でうったえているのがわかります。ピュアは「だいじょうぶ。たすけるからね」というふうに、うなずきました。

ところがとつぜん、デイジーの目《め》が恐怖《きょうふ》でいっぱいになりました。

いやな予感《よかん》がしてよこを見《み》ると……ティファニーがブロンドの髪《かみ》の人形《にんぎょう》の腕《うで》を思《おも》いきりひっぱって、ひっこぬいたのです。

ピュアはがくぜんとしました。

ティファニーは包帯《ほうたい》をまいて楽《たの》しんでるだけじゃなかったんだ。人形《にんぎょう》にわざとけがをさせてたんだ！　もしもデイジーがあんなことをされたら……どうしよう！

ピュアは恐怖《きょうふ》のあまり、気持《きも》ちがわるくなってきました。

ついに、ティファニーがいいました。

「つぎはこの妖精《ようせい》の人形《にんぎょう》。羽《はね》がおれたことにしようっと」

ティファニーはデイジーを手《て》にとると、なんどもひっくりかえして見《み》ています。これからどう料理《りょうり》してやろう、と考《かんが》えているかのようです。

パニックになったデイジーが、ひっしにピュアを見《み》つめてきます。

ピュアは今《いま》すぐにでもデイジーをティファニーの手《て》からもぎとりたいと思《おも》いました。

けれど、そんなことをしたら、ティファニーはいっそうデイジーをはなさなくなるでしょう。ひっぱりあいになって、デイジーが大《おお》けがをしてしまうかもしれません。

ピュアは考《かんが》えました。

わたしがデイジーをとりもどしたがっているところを見《み》せたら、ティファニーはきっといじになって、手《て》ばなさない。

力《ちから》づくじゃダメ。頭《あたま》をつかわなきゃ……！

ふいに、ピュアはポケットががさごそ動《うご》いていることに気《き》づきました。見《み》るとスノードロップが、とびたとうとするブルーベルとサルビアの足首《あしくび》をつかんでいます。

「ふたりとも、おちついて！　もどってください！　デイジーをたすけたい気持《きも》ちはわかるけど、今《いま》はピュアにまかせましょう！」

スノードロップのことばに、ブルーベルとサルビアはしぶしぶしたがって、ポケットのなかにもどりました。

ピュアはきめました。

みんなをきけんにさらすわけにはいかない。わたしひとりでなんとかしなきゃ。ぜったいにデイジーをとりもどす……！

まずは大《おお》きく深呼吸《しんこきゅう》！

気持《きも》ちをおちつけたところで、デイジーにむかって、こっそりウインクします。

それからティファニーにいいました。

「わたしの人形《にんぎょう》であそびたいなら、あそこにある、おしゃれなレディーちゃんとこうかんして」

ピュアは、たっぷりした赤《あか》っぽいトビ色《いろ》の髪《かみ》の、すらりとした人《にん》形《ぎょう》を指《ゆび》さしました。声《こえ》がヘンにひっくりかえらないよう、気《き》をつけながら話《はなし》をつづけます。

「あの子《こ》、ずっとほしかったんだ。でも、すごく高《たか》いでしょ？　だからかかわりにママが、その古《ふる》くさい人形《にんぎょう》をリサイクルショップで買《か》ってくれたの」

ピュアは息《いき》づまる思《おも》いで、こんどはデイジーを指《ゆび》さしました。

ピュアのワンピースのポケットのなかでは、三人《にん》が目《め》をぎゅっとつぶり、手《て》をにぎりあわせ、デイジーのためにいのっています。どうなるのか、こわくて見《み》ることもできません。

ティファニーはまずデイジーの羽《はね》を見《み》て、そのあとトビ色《いろ》の髪《かみ》の人形《にんぎょう》を見《み》ました。どちらをとるか、考《かんが》えているようです。ピュアには、えいえんに感《かん》じられる瞬間《しゅんかん》です。

「ふん、こんなリサイクルの人形《にんぎょう》なんていらない。あたしのレディーちゃんにさわらないでよ！」

ティファニーがデイジーをほうりなげます。ピュアはひっしにキャッチしてポケットに入《い》れました。ポケットのなかで、ブルーベル、サルビア、スノードロップがデイジーをぎゅっとだきしめます。

スノードロップがすぐにフェアリーパウダーをふりかけて魔法《まほう》をといたので、デイジーはもとの妖精《ようせい》のすがたにもどりました。やわらかい体《からだ》になって、くたっとその場《ば》にすわりこむと、がたがたふるえだします。
三人《にん》の友《とも》だちは、もういちど
デイジーをだきしめました。

★第5章★

もう、がまんしない！

　ポケットのなかから布《ぬの》ごしに、デイジーがピュアをきゅっとつねって、「ありがとう！」の合図《あいず》をしました。ピュアはすぐにぴんときました。

　デイジー、もとのすがたにもどれたんだね！　ああ、みんなと今《いま》すぐ話《はなし》がしたい！

　そこで、ピュアはまず、レディーちゃんを手《て》に入《い》れられなかったことでむくれたふりをして、部屋《へや》のすみへ行《い》きました。ティファニーは、レディーちゃんになにを着《き》せようか考《かんが》えているようです。人形用《にんぎょうよう》のクローゼットをあけて、ハンガーにずらりとかかっている服《ふく》と、それにあうバッグやくつをえらぶのに、夢中《むちゅう》になっています。今《いま》なら、妖精《ようせい》たちと話《はな》しても平気《へいき》そうです。

ポケットをのぞくと、デイジーの元気《げんき》なすがたがピュアの目《め》にとびこんできました。

「デイジー、ぶじでほんとによかった！」

「ピュア、たすけてくれてありがとう！　それから、いわなきゃいけないことがあって。じつはわたし、さっきだいじなものを見《み》たの。〈任務《にんむ》〉にかかわるもの！」

デイジーはブルーベルにむきなおると、早口《はやくち》でいいました。

「ねえ、ブルーベルが人間《にんげん》に変身《へんしん》して学校《がっこう》に行《い》ったとき、ティファニーが、『オークの木《き》を切《き》りたおす計画《けいかく》をたてているのはあたしのお父《とう》さんだ』って話《はな》してたよね？」

ブルーベルがうなずきます。

「そのとき、『いつ木《き》を切《き》りたおすかはトップシークレットだ』ってことも、いってたよね？」

ブルーベルはまたうなずきました。デイジーがなにをいいたいのかよくわからず、少《すこ》しとまどった顔《かお》をしています。

けれども、デイジーはうれしそうにぱっと目《め》を見《み》ひらきました。

「やっぱり！　ティファニーがこのお屋敷《やしき》に帰《かえ》ってきたとき、お父《とう》さんの部屋《へや》に入《はい》ったの。お父《とう》さんのもってるミントがほしかったみたい。そしたら、机《つくえ》の上《うえ》に書類《しょるい》の山《やま》とファイルがあって、わたし、見《み》たの。そのファイルに……『トップシークレット』って書《か》いてあった！」

ピュアとほかの三人《にん》が、思《おも》わず小《ちい》さな歓声《かんせい》をあげました。もしかしたら、そのファイルに、木《き》を切《き》りたおす計画《けいかく》のことが書《か》かれているかもしれません。なんとしても、なかを見《み》るひつようがあります。

ピュアはいそいでいいました。

「なかをたしかめよう！　でもわたしが見《み》にいくわけにいかないから……ねえ、ブルーベル、サルビア、ファイルを見《み》てきてくれる？」

ピュアのことばに、ふたりがうなずきます。

「スノードロップはポケットのなかにのこって、デイジーといっしょにいてあげてね」

ピュアのことばに、スノードロップがほっとしてにっこりします。

すると、デイジーが声《こえ》をあげました。

「ピュア、おねがい、わたしの服《ふく》をとりかえしてほしいの。このちくちくする服《ふく》を着《き》てると、元気《げんき》がどんどんしぼんじゃって」

オレンジ色《いろ》のドレスを見《み》て、デイジーはぶるっとふるえました。

「わかった、まかせて！」

ピュアの声《こえ》を合図《あいず》に、ブルーベルとサルビアがポケットからとびたちます。ふたりは、すぐにテーブルの下《した》にすがたをけしました。

デイジーの服《ふく》だけでなく、ピュアにはまだとりかえさなくてはいけないものがありました。妖精《ようせい》ハウスです。

ピュアはデイジーとスノードロップを見《み》おろすと、こそっといいました。

「しっかりつかまっててね。ちょっとゆれるから」

そして、ピュアはティファニーをまっすぐ見《み》つめました。つかつかとあゆみより、相手《あいて》の目《め》の前《まえ》でぴたりと止《と》まります。息《いき》を大《おお》きくすいこむと、「もう、がまんしない！」と心《こころ》のなかでさけび、しっかりした声でティファニーにうったえました。

「わたしのドールハウスにさわらないで！　どうしてわたしたち、ううん、わたしがつくったものをこわすの？　ぜんぶだいじなものなのに、それをめちゃくちゃにするなんて！」

「あ、ああ、だって……あんなの、ゴミにしか見《み》えなかったし。花《はな》とか葉《は》っぱでバカみたいにかざっちゃってさ」

ティファニーはいいかえしたものの、ピュアのけんまくにおどろいているようです。

ピュアはきっぱりいいました。

「でも、わたしはすごく気《き》に入《い》ってた。それにドールハウスはわたしのものでしょ。かえしてもらうから！」

ピュアはティファニーにこわされ、なげだされたものもぜんぶ妖《よう》精《せい》ハウスのなかにもどすと、ひらいていたハウスをとじて、かけがねをとめました。それからあたりを見《み》まわして、デイジーのスカートとトップスと髪《かみ》かざりを見《み》つけると、さっとつかみとりポケットにおしこみました。

デイジーの「ありがとう！」という小《ちい》さな声《こえ》がして、すぐにオレンジ色《いろ》のドレスととんがったヘアクリップが、ぽいぽいポケットからほうりだされます。

ピュアは妖精《ようせい》ハウスをもちあげると、さっさとドアにむかいました。ところが、ティファニーがすぐにピュアのうでをひっつかみ、妖《よう》精《せい》ハウスをぐいっとひっぱってさけびました。

「もってっていいなんて、だれがいった!? せっかくましにしたんだから、これはあたしがもらっとく！ もってっていったりしたら、学《がっ》校《こう》の女《おんな》の子《こ》をぜんいんおどして、あんたの友《とも》だちにならないようにしてやる！」

ピュアはくるりとふりかえると、ティファニーをつめたい目《め》でにらみつけました。

「やればいいじゃない。わたしはそんなこと、ぜんっぜん気《き》にしないから！　あなたをうちに入《い》れるんじゃなかった。お話《はなし》をつくってあげるんじゃなかった。それに、だいじなことを思《おも》いださなきゃいけなかった。それは……あなたみたいないじめっ子《こ》には立《た》ちむかうしかないんだってこと！　がまんすることなんて、ないんだってこと！　だから今《いま》、わたしはそうしてるの。こうやってね！」

ピュアはまた妖精《ようせい》ハウスの持《も》ち手《て》をぐっとつかむと、ティファニーからもぎとりました。

「かえしてよおおおおおおおおお！」

ティファニーがものすごいなき声《ごえ》をあげます。とたんに、一階《かい》にいたティファニーのお母《かあ》さんが階段《かいだん》をかけあがってきました。

「なにごと？　乳母《うば》はどうしたの？」

ピュアは思《おも》わずティファニーのお母《かあ》さんをまじまじと見《み》つめてしまいました。というのも、かなりキョーレツな見《み》かけだったからです。髪《かみ》はおおぎのように広《ひろ》げて、かちんこちんにかためています。爪《つめ》はタカのかぎ爪《づめ》のように長《なが》くのばし、服《ふく》は十代《だい》の子《こ》が着《き》るくらいの若《わか》づくりです。

ともかく、ピュアはほっとしました。

これでさすがのティファニーも、わたしのドールハウスをかってにもちだしたことをお母《かあ》さんに話《はな》して、あやまるしかないよね。

ところがもちろん、ティファニーは正直《しょうじき》ではありませんでした。つくりわらいをうかべると、でまかせをぺらぺらしゃべりだしたのです。

「お母《かあ》さま、おどろかせてごめんなさい。ちょっといいあいをしてただけ。あたし、ピュアからドールハウスをこっそりかりてきたの。すてきにつくりかえて、びっくりさせてあげようと思《おも》って。なのに、ピュアったら、あたしがかってにもっていったと思《おも》って、とりかえしにきたんだって。それでけんかになっちゃったわけ」

するとティファニーのお母《かあ》さんがピュアにむきなおり、面倒《めんどう》くさそうな笑顔《えがお》をうかべていいました。

「ねーえ、これでわかったでしょう？　ティファニーちゃんはちっとも悪気《わるぎ》はなかったの」

そんなの、ひどい。ティファニーのお母《かあ》さんったら、むすめの話《はなし》をちゃんとたしかめもしないで、さっさとしんじちゃうなんて。

ピュアは妖精《ようせい》ハウスの持《も》ち手《て》をにぎる手《て》に、ぎゅっと力《ちから》をこめました。

それを見《み》たティファニーのお母《かあ》さんがふいに、いいました。

「それが、あなたのドールハウス？　ちょうど今《いま》ね、古《ふる》い宝石箱《ほうせきばこ》を整理《せいり》していたら、これを見《み》つけたの。シャンデリアにつかえるんじゃない？」

そういってさしだした手《て》には、青《あお》い宝石《ほうせき》のイヤリングがのっていました。日《ひ》の光《ひかり》を受《う》けて、まばゆいばかりにかがやいています。

ピュアははっとしました。

これって、九月《がつ》の誕生石《たんじょうせき》、サファイアだ！　すごく高価《こうか》な宝石《ほうせき》。どうやって手《て》に入《い》れたらいいのか、まったくわからなかったけど、まさかこんなチャンスがめぐってくるなんて……！

ここは頭《あたま》のつかいどころです。なんとしても手《て》に入《い》れないといけません。

「わあ、うれしい！　いいんですか？　いただけるなんて、ありがとうございます！」

ピュアがおぎょうぎよくそういうと、ティファニーのお母《かあ》さんはにっこりしました。ところがティファニーがふたりのあいだにわりこみます。

「ピュアになんて、あげることない！　もらうのはあたし！　だってお母《かあ》さまのむすめなんだから！」

「あらあら、ティファニーちゃんったら、そんなにさわがないの。これは古《ふる》いイヤリングのかたわれよ。あなたはちゃんと二こそろっているサファイアのイヤリングをもっているでしょう？」

けれどティファニーはどうしてもピュアにあげたくないようでした。

「だって、お母《かあ》さま！　ほんとのことというと、その古《ふる》くさいドールハウスは、あたしがかってにもってきたの。あと、ピュアとは友《とも》だちでもなんでもないし、だからね、ね、お母《かあ》さまは、ピュアになにもやることないの！」

ピュアにとっては、今《いま》が反撃《はんげき》のチャンスです！

大《おお》きく息《いき》をすいこむと、なんとかにっこりしていいました。

「やだなあ、ティファニーったら、わたしたち親友《しんゆう》だねっていいあったばかりなのに、なんでそんなことというの？　さっきまでいっしょにあそんでたじゃない。もしもそうじゃないなら、けさ、うちに来《き》たとき、なにをしてたってわけ？」

ティファニーはぐっとことばにつまって、だまりこみました。うそばかりついいたせいで、こんどはうそからのがれられなくなったのです。ピュアのうそをあばくには、自分《じぶん》の宿題《しゅくだい》をピュアにやらせたことを白状《はくじょう》しなければなりません。でもそんなことをいったら、ポニーを買《か》ってもらえなくなります。ティファニーはポニーがほしくてたまらないのです。

勝負《しょうぶ》はつきました。

ティファニーは、お母《かあ》さんがピュアにサファイアのイヤリングをわたすのを、だまって見《み》つめるばかりです。

「すてきなプレゼント、ありがとうございます！」

ピュアはサファイアのイヤリングを受《う》けとると、妖精《ようせい》ハウスをぱちんとひらいて、リビングにシャンデリアとしてつるしました。

「思《おも》ったとおり、すごくきれい！」

とたんに、ティファニーがいかりをばくはつさせて、さけびました。

「こんなのずるい！　あたしはなにももらってないのに！」

ティファニーのお母《かあ》さんはやれやれと頭《あたま》をふると、うんざりした顔《かお》をピュアにむけました。「むすめがさわぐのはあなたのせいよ」

といわんばかりです。それからだまって部屋《へや》をでてしまい、つめたい大理石《だいりせき》のろうかをハイヒールでカツカツいわせながらさっていきました。

ちょうどそのとき、ブルーベルとサルビアが部屋《へや》にもどってきました。ふたりとも、かなしそうに首《くび》をふっています。どうやら『トップシークレット』のファイルを見《み》ることはできなかったようです。

さあ、もうこのお屋敷《やしき》に用《よう》はありません。ピュアはいそいで妖精《ようせい》ハウスをまたとじると、部屋《へや》のドアへとあるきだしました。するとまたしてもティファニーがゆくてに立《た》ちふさがりました。

「あたしはみとめない！　イヤリングはかえしてよ！　今《いま》すぐに！」

ピュアはおちついた声《こえ》でいいました。

「かえさない。今《いま》はわたしのものだから」

スノードロップとデイジーがピュアのワンピースのポケットからこっそりでてきました。なにごとかと、しんぱいになったのです。

ティファニーはさらにいいました。

「そのドールハウスも、もっていくのはゆるさない！　おいてかないと、あんたにひとりも友《とも》だちができないようにしてやるからね！」

そんなおどしはききません。ピュアはただにっこりしてこたえました。

「ひとりも友《とも》だちができないようにする？　それはむりだよ。だってわたしにはもう、友《とも》だちがいるから。親友《しんゆう》が四人《にん》もね！」

ティファニーがかっとなってさけびます。

「ウソ・ウソ・ウソつき！」

そのとき、ピュアは妖精《ようせい》たちが天井近《てんじょうちか》くにあつまっていることに気《き》づきました。デイジーが、包帯《ほうたい》のロールをかかえています。そこにスノードロップがフェアリーパウダーをちょっぴりふりかけると、包帯《ほうたい》がかってにほどけ、みるみるうちに大《おお》きくなって、やがて四人《にん》がやっとかかえてもつほどになりました。

ブルーベルたち、なにかするつもりなんだ……！

もう四人《にん》を止《と》めるつもりはありません。だから、ピュアはこういいました。

「わたしの親友《しんゆう》たちが今《いま》ここに来《き》ているの。会《あ》わせてあげる！」

とたんに、ブルーベルとサルビアがそれぞれ包帯《ほうたい》のはしをもって、ティファニーのうしろに近《ちか》づきました。そして……ふいに包帯《ほうたい》を顔《かお》の前《まえ》にまわし、ティファニーの目《め》をおおったのです。

「えっ、なんなの？　とってよ！　見《み》えない！」

ティファニーがあわてているのを見《み》て、みんながクスクスわらいだします。

「だれなの？　ピュア？」

すると、ブルーベルがさけびました。

「病院《びょういん》ごっこしよう！」

そして、わらいながらティファニーの頭《あたま》にぐるぐると包帯《ほうたい》をまきはじめたのです。

「やめて、ピュア！　やめてったら！」

ティファニーがいいますが、妖精《ようせい》たちはやめません。とうとうティファニーは、頭《あたま》を上《うえ》まですっかり包帯《ほうたい》でおおわれてしまいました。

「だれ？　どこにいるの？」

なにも見《み》えないティファニーが、手《て》を前《まえ》にだしながら部屋《へや》をよたよたあるきまわります。

「こっちです！」

スノードロップが部屋《へや》のはしまでとんでいって、声《こえ》をかけました。

けれどつぎのしゅんかん、ブルーベルが、ティファニーの鼻《はな》をつまんでいいました。

「ここだよ！」

つづいて、サルビアがゆかからさけびます。

「下《した》よ、下《した》！」

さいごにデイジーが天井《てんじょう》めがけて輪《わ》をえがくようにとびあがり、さけびました。
「それと、上《うえ》！」
いらついたティファニーがめちゃくちゃに空気《くうき》につかみかかります。
ぐうぜんブルーベルがつかまりそうになりましたが、ぎりぎりでにげきりました。
ピュアは思《おも》いました。
もう、これでじゅうぶん。
口笛《くちぶえ》をふいて合図《あいず》すると、

四人《にん》がさっとポケットにとびこんできました。そこで、ピュアは妖《よう》精《せい》ハウスをもちあげました。

「じゃあね、ティファニー。おじゃましました。お母《かあ》さんによろしくつたえてね。ひとりで玄関《げんかん》まで行《い》けるから、おかまいなく」

「えっ？　ちょっとまってよ！」

ティファニーが包帯《ほうたい》をとろうともがきます。

けれど、ピュアはかまわずろうかをすすみ、玄関《げんかん》から外《そと》にでました。

★第6章★

守《まも》るべき、たいせつなもの

ピュアが妖精《ようせい》ハウスをかかえながら、黒《くろ》い鉄《てつ》の門《もん》の外《そと》にとびだすと、すぐ外《そと》のベンチにすわっていたママがびっくりしました。

「どうしたの、それ……？」

ピュアはティファニーにとどけたはずのノートももっています。それを見《み》たママは、こういいました。

「ねえ、ピュア、ほんとうは、ティファニーとは友《とも》だちじゃないのね？」

ピュアは口《くち》をきゅっとむすんで、うなずきました。ママがふうっと息《いき》をはきだして、べンチをぽんぽんとたたきます。ピュアはだまってママのとなりにすわると、妖精《ようせい》ハウスをひざの上《うえ》にのせました。

それから、ほんとうのことを話《はな》しました。ティファニーに宿題《しゅくだい》をさせられたこと。妖精《ようせい》ハウスをかってにもちだされたこと（ただし、デイジーのことはいいませんでした）。妖精《ようせい》ハウスをとりもどすために、ノートをもっていくという計画《けいかく》をたてたこと。妖精《ようせい》ハウスがめちゃくちゃにされてしまったこと……。

ママはもういちどふうっと息《いき》をはきだすと、ピュアをだきしめました。

「いじわるされてるってママに話《はな》してくれたらよかったのに。いじめっ子《こ》のすきにさせちゃだめ」

「話《はな》せなくてごめんね。ママをがっかりさせたくなかったんだ……。でもね、さいごにはわたし、ティファニーにちゃんと立《た》ちむかえたの。自分《じぶん》のものは自分《じぶん》でとりかえしてきたよ！」

「えらいわ、ピュア。でも、こんど、もっとひどいことをされたら、ママに話《はな》すってやくそくして」

「やくそくする」

ピュアはきっぱりいいました。

すると、ママがきゅうにいたずらっぽい笑《え》みをうかべました。

「でも、ちょっぴり、ほっとしちゃった。あのおじょうさまがうちにしょっちゅう来《く》るって考《かんが》えたら、ぞっとしちゃう！」

ママがぶるっとふるえて見《み》せます。そこで、ピュアもぶるっと身《み》をふるわせました。するとママがさらに、ものすごく大《おお》げさにふるえて見《み》せたので、ふたりはおかしくなってわらいだしました。

やっとわらいがおさまったとき、ママがこそっといいました。

「でも、はやくほんとうの友《とも》だちができるといいわね」

「ほんとうの友《とも》だちならもういるよ！　四人《にん》も！」

とたんに、ママがぱっと笑顔《えがお》になりました。

「だったら、その子《こ》たちに、うちにあそびにきてもらったら？」

ピュアはにっこりしました。

「うん、そのうちね」

すると、ブルーベルがポケットから声《こえ》をかけました。

「だったら、あしたは？　そしたら、うちら、おいしいケーキを食《た》べられるんだよね？」

思《おも》わず、ピュアはわらいだしてしまいました。おかげで、ママに「どうしたの？」とおどろかれ、「ちょっとおもしろいことを思《おも》いだしちゃって」と、ごまかさなければなりませんでした。

しっかりと妖精《ようせい》ハウスを手《て》にもって、ピュアは元気《げんき》よく立《た》ちあがりました。ママも笑顔《えがお》で立《た》ちあがります。ふたりはなかよく帰《かえ》りました。

家《いえ》について、ノートを部屋《へや》におくと、ピュアはすぐに「妖精《ようせい》ハウスをおいてくるね！」とママにいって、外《そと》にとびだしました。いつものオークの木《き》の下《した》に妖精《ようせい》ハウスをもどすのです。

裏庭《うらにわ》をでて、野原《のはら》の背《せ》の高《たか》い草《くさ》をかきわけながらすすみだすと、ワンピースのポケットから妖精《ようせい》たちがつぎつぎにとびだしました。

ふと思《おも》いだして、ピュアはあるきながら、ブルーベルとサルビアに声《こえ》をかけました。

「けっきょく、『トップシークレット』のファイルは見《み》つからなかったんだよね？　でもまたべつの方法《ほうほう》で情報《じょうほう》をさぐればいいんだから、だいじょうぶだよ」

　すると、ブルーベルがいいました。

「ううん、ファイルは見《み》つけたの。ただ、そこには紙《かみ》が一枚《まい》はさまってるだけで……」

「うん、ほとんどなにも書《か》かれてなかったの」とサルビア。

　ふたりとも、とてもがっかりしたようすです。

　ピュアはなんとなくきょうみがわいて、たずねました。

「まって。ほとんどなにも書《か》かれてなかったってどういうこと？」

「あたしたち、すみずみまで紙《かみ》を見《み》たのよ。でも、紙《かみ》の四《よっ》つのすみっこにひと文字《もじ》ずつ、数字《すうじ》が書《か》かれているだけだったの」

　サルビアのことばに、ピュアはぴたりと足《あし》を止《と》めました。ふたりをまじまじと見《み》ます。

「その数字《すうじ》、なんだったかおぼえてる？」

「ええと、０、６、９、５。とにかく、なにも見《み》つけられなくてごめんなさい」

ピュアはうれしくなってさけびました。

「ううん、そんなことない！　ふたりとも、おてがら！　それはきっとタウナーさんの暗号《あんごう》だよ。だれかに見《み》られても意味《いみ》がわからないように、数字《すうじ》をばらばらに書《か》いておいたんだと思《おも》う。ならべかえると、意味《いみ》があるんじゃないかな。それか、ロック解除《かいじょ》の数字《すうじ》とか。

とにかく、ふたりとも、ありがとう！」

ブルーベルとサルビアは、うれしくて「やったあ！」とさけぶと、宙《ちゅう》をくるんくるんとびまわりました。スノードロップとデイジーとピュアは、そんなふたりをにこにこ見《み》まもります。

オークの木《き》までやってくると、ピュアは妖精《ようせい》ハウスをそっと根《ね》もとにおきました。それからしゃがんでドアノブにこゆびをかけ、そっと魔法《まほう》のことばをとなえます。

「妖精《ようせい》をしんじます……妖精《ようせい》をしんじます……妖精《ようせい》をしんじます！」

すると今回《こんかい》はじめて、頭《あたま》がチリチリしたり、ボン！という音《おと》がしたりすることもなく、気《き》がつくと小《ちい》さくなっていました。もしかしたら、少《すこ》しずつ体《からだ》が魔法《まほう》になれてきているのかもしれません。

小《ちい》さくなったピュアのまわりに、四人《にん》がまいおりてきました。ピュアは、ふとしんぱいになりました。ティファニーが妖精《ようせい》ハウスにしたことを、四人《にん》はほとんど見《み》ていないのです。めちゃくちゃなようすを目《め》にしたら、きっとショックを受《う》けるはずです。

ピュアたちはみんなでそっとドアをあけました。そろそろとなかに入《はい》ると、そこにはおそろしい光景《こうけい》が広《ひろ》がっていました。だれもが息《いき》をのみ、がっくりとうなだれます。

スノードロップがなみだをぬぐっていいました。

「どうしてこんなひどいことができるの？」

「ぜんぶだめになっちゃった。うちがつくった押《お》し花《ばな》の絵《え》も、バラの花《はな》びらのカバーも、なにもかも！」とブルーベル。

そのとき、二階《かい》から「キャーッ！」という悲鳴《ひめい》があがりました。

みんながかけつけると、デイジーが自分《じぶん》の部屋《へや》をのぞいていました。

「こんなのって、ない！　だいじな黄色《きいろ》のかべが、ひどい色《いろ》になってる！　ああ、それにわたしのお日《ひ》さまが！」

お日《ひ》さまというのは、あざやかな黄色《きいろ》のベッドカバーについている大《おお》きなアップリケで、にこにこ笑顔《えがお》のお日《ひ》さまのことです。ベッドカバーは今《いま》や、ゆかの上《うえ》でくしゃくしゃにまるまっていますし、ベッドカバーの色《いろ》とあわせた元気《げんき》な黄色《きいろ》い水玉《みずたま》もようのカーテンも、よこにおちています。

ふいに、ブルーベルがはっとして、ろうかへとびだすと、またもどってきました。手《て》には自分《じぶん》の部屋《へや》からとってきた、やぶれた水玉《みずたま》もようのベッドカバーとカーテンがにぎられています。

「なにもかも、もうぼろぼろ。直《なお》しようがないよ……」

ブルーベルがなみだまじりの声《こえ》でいいました。

すっかり気《き》おちしたピュアは、デイジーのベッドの上《うえ》にどさっとねころびました。ほかの四人《にん》もみじめな気分《きぶん》で、よこにならびます。

けれど、ピュアはすぐにはねおきました。ママがいっていたことを思《おも》いだしたのです。

「いじめっ子《こ》のすきにさせちゃだめ。やられっぱなしでがまんするなんて、おかしいよ！　直《なお》しようがないわけじゃない。またもとにもどせばいい……ううん、前《まえ》よりもっといいものにすればいいんだから！」

ピュアはぴょんとベッドから立《た》ちあがり、デイジーの手《て》をひっぱって立《た》たせました。

「ほら、デイジー、またいろんな黄色《きいろ》をまぜて、きれいな色《いろ》をつくって部屋《へや》をぬりなおそうよ！　ブルーベルは野原《のはら》から花《はな》をつんできて。前《まえ》よりもっとすてきな押《お》し花《ばな》をきっとつくれるはず。スノードロッ

ピュアのお気《き》に入《い》り文房具《ぶんぼうぐ》

わたしがいつもつかっている文房具《ぶんぼうぐ》を紹介《しょうかい》するね☆
これさえあれば、いろんなことができちゃうの。妖精《ようせい》ハウスをきれいにすることもきっとできるよ！

ながめているとうれしくなっちゃう♥ あつめているもの

ベリーチョコの空《あ》き箱《ばこ》にシールを入《い》れてるよ！

キラキラの粉《こな》☆
絵《え》の具《ぐ》にまぜるとキレイなんだ

カラフルなフェルトペン☆

◆ 書《か》くときの角度《かくど》によって線《せん》の太《ふと》さを変《か》えられるよ

ペンをたてて書《か》くと…
太《ふと》め！ ABC

ペンをねかせて角《かど》で書《か》くと…
細《ほそ》め！ ABC

ペンの種類《しゅるい》によっては逆《ぎゃく》の場合《ばあい》も。
いろいろためしてみて！

ママからわけてもらったの！ だいじな絵《え》の具《ぐ》セット

固形水彩《こけいすいさい》は外《そと》で絵《え》をかくときにべんり

筆《ふで》をあらうミニバケツ

パレット

かわいいポーチを絵《え》の具入《ぐい》れに☆

Sketch Book

スケッチブックはシールでデコレーション♥

いつも持《も》ちあるいてるよ！ ペンケースの中身《なかみ》

はさみにはリボンをつけて☆

えんぴつキャップを愛用《あいよう》☆

小《ちい》さくなったえんぴつ

いいかおりがするのり

Glue Stick

シャープペン

ボールペン

よくきえる消《け》しゴム

プはバラの花《はな》びらをあつめてくれる？　サルビアはまっすぐな草《くさ》をとってきてくれるかな。新《あたら》しいカーペットをあむためにね！」

四人《にん》はあまりのり気《き》ではなさそうでしたが、それでもとんでいきました。

そのあいだにピュアはまたもとの大《おお》きさにもどって家《いえ》に帰《かえ》ると、道具《どうぐ》や材料《ざいりょう》をあつめました。絵《え》の具《ぐ》、のり、はさみ、フェルトペン、シール、ソーイングセット、ふくろいっぱいのはぎれ。ぜんぶをもって、ピュアはまた妖精《ようせい》ハウスにもどり、魔法《まほう》で小《ちい》さくなりました。

やがて妖精《ようせい》たちが帰《かえ》ってきたので、さっそく五人《にん》で家《いえ》のなかをきれいにしはじめました。かべを絵《え》の具《ぐ》でぬりなおし、やぶれたベッドカバーをぬいあわせ、タンポポとバラの花《はな》びらをクッションやかけぶとんにつめ、新《あたら》しいカーテンをまたかけて……！

みんなは歌《うた》をうたいながら、それぞれ仕事《しごと》をしました。

家《いえ》のなかがかたづくと、こんどは外《そと》でデイジーの花《はな》を山《やま》ほどあつめ、前《まえ》にブルーベルがつくったベンチにならんですわりました。みんなで花《はな》をつなげていきます。やがて、それは長《なが》い長《なが》いデイジーの花《はな》のくさりになって……みごと、新《あたら》しい妖精《ようせい》のナイトライトのできあがり！

ナイトライトを家《いえ》のあちこちにとりつけおわったら、つぎはサルビアが思《おも》いついて、キッチンの食器《しょっき》だなに花《はな》の絵《え》をかいていきました。そのあいだに、ブルーベルがスノードロップに「てつだって！」とたのみ、ふたりでいっしょにすべり台《だい》をつくりました。新《あたら》しいすべり台《だい》はらせんをえがいた形《かたち》なので、すべりおりるとき、くるくるまわってジェットコースター気分《きぶん》をあじわえます。

「妖精《ようせい》ハウス、前《まえ》よりきれいだね！　ピュアがいったとおり！」

デイジーがそういって、手《て》をたたきます。

ピュアはにっとわらいました。

「でもまだ、ひとつだけ、仕事《しごと》がのこってるよ」

そういってリビングに行《い》き、天井《てんじょう》からぶらさがっているサファイアのイヤリングをはずしました。ほかの誕生石《たんじょうせき》といっしょに、ピュアの宝石箱《ほうせきばこ》にだいじにしまうためです。妖精《ようせい》たちがとびながら、サファイアのかわりにとっておいた妖精《ようせい》のナイトライトをリビングにとりつけました。

ピュアはふと、きょうのことをふりかえっていいました。

「ものごとって、さいごまでどうなるかわからないんだね……。ティファニーがうちに来《き》たときは、サイアクだったけど、それがきっかけで、さいごにはサファイアを手《て》に入《い》れられたんだから！　あっ、これって、もしかしたら、妖精《ようせい》の女王《じょおう》さまのおみちびきなんじゃないかな」

「うん、わたしもそうじゃないかって思《おも》った。女王《じょおう》さまがふしぎな力《ちから》をはたらかせてくれたんじゃないかって」

デイジーがそういうと、ブルーベルがうれしそうにつけたしました。

「これで、あつまった誕生石《たんじょうせき》は、三つ！」

「でも、もっと見《み》つけないとね！」

サルビアが目《め》をかがやかせながら、力強《ちからづよ》くいいます。

すると、スノードロップがにっこりしました。

「見《み》つけたといえば、『トップシークレット』のファイルもですよね。まだ、数字《すうじ》の意味《いみ》はわかりませんけれど」

ピュアも、みんなにいいました。

「あのね……わたし、こんかいのことで、よくわかったんだ。がまんしてばかりじゃだめ。ときには勇気《ゆうき》をだして相手《あいて》に立《た》ちむかわなければならないんだってこと。それと、ティファニーはお金持《かねも》ちで、ほしいものがなんでも手《て》に入《はい》るかもしれないけど、わたしは、なにもかえられない、すてきなものをもっているんだってことも。それは……ほんものの友情《ゆうじょう》！　世界《せかい》じゅうのポニーを買《か》えるとしたって、みんなと友《とも》だちでいられることのほうが、わたしにはずっとずっとしあわせ！」

五人《にん》はそれから輪《わ》になって、手《て》をにぎりあいました。サルビアが妖精《ようせい》の歌《うた》をうたいはじめ、それにあわせて、みんなでスキップしながら、ぐるぐるまわりだします。わらったり、ふざけたりしながら、ダンス！

うれしくてたまりません。よろこびで心《こころ》がはちきれそうです。

だって、五人《にん》の友情《ゆうじょう》の力《ちから》で、野原《のはら》のオークの木《き》の下《した》に、以前《いぜん》よりいっそうきれいになった妖精《ようせい》ハウスがもどってきたのですから。

The End

ひみつのダイアリー

○月×日

きょうはほんとに、たいへんな日《ひ》だったなあ。

ブルーベルとサルビアがピュアの家《いえ》に行《い》くのをとめられなかったし

（わたしだって、ピュアのことはしんぱいだったけど！）、ティファニーが

妖精《ようせい》ハウスの前《まえ》にやってきたときは、にげおくれちゃうし……。

つかまって、体《からだ》が動《うご》かなくなったときは、

ほんと、もうダメって思《おも》っちゃった。

でもピュアは、あきらめなかったんだよね！

勇気《ゆうき》をだして、ティファニーに立《た》ちむかってくれた。

妖精《ようせい》ハウスがだいなしになったときも、そう。

わたしたち、心《こころ》からピュアをほこりに思《おも》う！

5人《にん》がいっしょなら、きっと、どんなことも乗《の》りこえられるね。

Daisy《デイジー》

女《おんな》の子《こ》を強《つよ》くする言葉《ことば》★

今回《こんかい》のお話《はなし》も、楽《たの》しんでもらえたかな？
ピュアは最初《さいしょ》ずっとがまんしていて、
「いやだ」っていえなかったんだよね。
いじわるなクラスメイトの宿題《しゅくだい》をかわりにやるなんて、
考《かんが》えただけでサイアクなのに！

だけどさいごは……自分《じぶん》の気持《きも》ちにすなおになれていたよね。
いじわるな言葉《ことば》にちぢこまる必要《ひつよう》ない、って。
わたしにはすてきな妖精《ようせい》たちがついてるんだから、って。
あのときのピュアは強《つよ》くて、かっこよかったなあ！

あなたも、あとちょっとの勇気《ゆうき》がほしい！ってときは、
一歩前《いっぽまえ》にふみだせたピュアを思《おも》い出《だ》してみて。
ピュアの心《こころ》の底《そこ》からとびだした言葉《ことば》たちが、
あなたの力《ちから》になりますように☆

妖精《ようせい》をしんじます、
妖精《ようせい》をしんじます、
妖精《ようせい》をしんじます！
（9ページより）

わたしってほんとに
ラッキー。だって、
こんなにすてきな子《こ》たちと
友《とも》だちになれたんだもん！
（13ページより）

いじめっ子《こ》のすきに
させちゃだめ。
やられっぱなしでがまん
するなんて、おかしいよ！
（140ページより）

世界《せかい》じゅうのポニーを
買《か》えるとしたって、
みんなと友《とも》だちでいられる
ことのほうが、わたしには
ずっとずっとしあわせ！
（147、148ページより）

作　ケリー・マケイン　（Kelly McKain）

イギリスのロンドン在住。大学卒業後コピーライターとしてはたらいたのち教師となる。生徒に本を読みきかせるうち、自分でも物語を書いてみようと思いたち、作家になった。邦訳作品に「ファッションガールズ」シリーズ（ポプラ社）がある。

訳　田中亜希子　（たなか あきこ）

千葉県生まれ。銀行勤務ののち翻訳者になる。訳書に『コッケモーモー！』（徳間書店）、「プリンセス☆マジック」シリーズ（ポプラ社）、「マーメイド・ガールズ」シリーズ（あすなろ書房）、『僕らの事情。』（求龍堂）、『迷子のアリたち』（小学館）など多数。

絵　まめゆか

東京都在住。東京家政大学短期大学部服飾美術科卒業。児童書の挿し絵を手掛けるイラストレーター。挿画作品に『ミラクルきょうふ！ 本当に怖い話　暗黒の舞台』（西東社）、『メゾ ピアノ おしゃれおえかき＆きせかえシールブック』（学研プラス）などがある。

ひみつの妖精ハウス③

ひみつの妖精ハウス

友情は、勇気の魔法！

2016年11月　第1刷

作　ケリー・マケイン
訳　田中亜希子
絵　まめゆか

発行者　長谷川 均
編集　森 彩子
発行所　株式会社ポプラ社
〒160-8565 東京都新宿区大京町 22-1
TEL 03-3357-2212（営業）　03-3357-2216（編集）
振替 00140-3-149271
ホームページ　http://www.poplar.co.jp
印刷・製本　中央精版印刷株式会社
装丁・本文デザイン　吉沢千明

N.D.C.933/152P/20cm　ISBN978-4-591-15224-9